Corinna Harder/Jens Schumacher
Professor Berkley
Die Nebel von London

In der Reihe „Professor Berkley" sind erschienen:

RTB 52419
Die Katze der Baskervilles

RTB 52420
Die Nebel von London

RTB 52421
Die Juwelen von Doningcourt Castle

RTB 52422
Die Schmuggler vom Hochmoor

Corinna Harder/Jens Schumacher

Professor Berkley
Die Nebel von London

sowie neun weitere spannende Ratekrimis

Band 2

Mit Illustrationen von Bernhard Speh

Ravensburger Buchverlag

Als Ravensburger Taschenbuch
Band 52420
erschienen 2010

© Harder/Schumacher 2003
und 2010

Die Originalausgabe erschien 2004
bei KeRLE im Verlag Herder,
Freiburg im Breisgau, unter dem Titel
„Professor Berkley und
die Nebel von London"

Innenillustrationen: Bernhard Speh
Umschlaggestaltung: dieBeamten.de/Anja
Langenbacher und Reinhard Raich
unter Verwendung einer Illustration
von Bernhard Speh

**Alle Rechte dieser Ausgabe
vorbehalten durch
Ravensburger Buchverlag
Otto Maier GmbH**

Printed in Germany

1 2 3   12 11 10

ISBN 978-3-473-52420-4

www.ravensburger.de

Für Sir Arthur,
ohne den nichts so wäre, wie es ist

Immer im Einsatz:

Albert Carolus Berkley,
pensionierter Professor der Kriminologie, trägt gern einen karierten Übermantel und einen schwarzen Bowlerhut. Er liebt Pfeifentabak mit Schokoladengeschmack und generell alles, was süß ist. Seit er vor Jahren aus dem Dienst bei Scotland Yard ausgeschieden ist, lebt er in einem kleinen, windschiefen Turm in der Nähe von London und unterstützt die lokale Polizei mit seiner erstaunlichen Kombinationsgabe.

Witty von Baskerville,
die große, schwarze Katze mit dem glänzenden Fell und den leuchtend grünen Augen, ist der letzte Spross eines alten englischen Katzengeschlechts. Am liebsten liegt sie wie ein wärmender Pelzschal um den Hals des Professors, von wo sie mit ihrem buschigen Schwanz Hinweise auf bemerkenswerte Tatumstände gibt.

Inspector James P. Haggins,
hager und hakennasig, ist für seine aufbrausende Art bekannt und gefürchtet. Der ungeduldige Polizist zieht es vor, Kriminalfälle schnellstmöglich, am besten gleich am Tatort, aufzuklären – was ihm allerdings nur selten gelingt.

Sergeant Banks,
rundlich, hilfsbereit und sympathisch, ist neu in Inspector Haggins' Truppe. Deswegen traut er sich meist nicht, den voreiligen Schlüssen seines Vorgesetzten zu widersprechen. Er ist ein großer Bewunderer von Professor Berkleys Kombinationsgabe und versucht stets, alle Indizien in seinem Notizblock zu dokumentieren.

Mrs Emily Clockburger
ist der gute Geist in Professor Berkleys Wohnturm. Ohne die resolute, aber liebenswürdige Haushälterin würde der zuweilen etwas zerstreute Professor wahrscheinlich im Chaos versinken.

Lieber Nachwuchsdetektiv!

Bevor du dich auf den folgenden Seiten gemeinsam mit Professor Berkley, Professor der Kriminologie, und Witty von Baskerville, detektivisch begabte Katze von blaublütiger Abstammung, daranmachst, listigen Schurken, gewitzten Dieben oder einfach nur folgenschweren Verwechslungen auf die Schliche zu kommen, hier rasch einige kurze Erläuterungen:

Die Ratekrimis sind in drei unterschiedliche Schwierigkeitsstufen unterteilt, die jeweils mit einer bestimmten Zahl von Katzenpfoten gekennzeichnet sind:

🐾 = mit normalem Denkaufwand zu lösen
🐾 🐾 = schon kniffliger, Kombinationsgabe ist gefragt
🐾 🐾 🐾 = eine harte Nuss, für echte Profis

Am Ende jedes Textes erwartet dich eine Frage, die sich mithilfe der im Text gegebenen Hinweise beantworten lässt. (Manchmal kann es auch nützlich sein, sich die zugehörigen Illustrationen etwas genauer anzusehen.) Sobald du glaubst, die Antwort – und damit die Lösung des Falles – zu kennen, blättere zum Lösungsteil auf den letzten Seiten des Buches und schau nach, ob du Recht hattest.

Wenn du darüber hinaus herausfinden möchtest, wie es um deine Fähigkeiten als Detektiv bestellt ist, notiere dir für jeden richtig aufgeklärten Fall die Anzahl der Katzenpfoten, die seinem Schwierigkeitsgrad entspricht. Hast du das Buch durchgelesen, zähle alle errungenen Pfoten zusammen. Am Ende des Buches verrät dir die Punktestaffelung, ob du das Zeug zu einem richtigen Detektiv hast.

Und nun viel Vergnügen und vor allem: einen guten Riecher für die Machenschaften von Schwindlern, Betrügern und Gaunern in:

Die Nebel von London!

Fall Nr. 1:
Streit am Bahnhof

„Nun erlauben Sie mal, mein Herr! Das ist *mein* Koffer! Wie können Sie die Dreistigkeit besitzen zu behaupten, dass es Ihrer sei?"

„Eine Frechheit sondergleichen! Natürlich gehört der Koffer mir! Sergeant, ich verlange, dass Sie diesen Gauner hier unverzüglich festnehmen und dafür sorgen, dass ich mein Eigentum zurückerhalte!"

Sergeant Banks stand verwirrt zwischen den beiden streitenden Männern an Gleis 11 des Bahnhofs Paddington Station in London. Noch vor wenigen Minuten hatte er sich mit dem Streifenwagen auf dem Weg ins Präsidium befunden, als ihn plötzlich ein Anruf aus der Zentrale erreichte: Ein Bahnhofsvorsteher hatte eine lautstarke Auseinandersetzung am Gleis gemeldet. Daher war Banks spontan zur Paddington Station abgebogen in der Absicht, die Meinungsverschiedenheit rasch vor der Mittagspause aus der Welt zu schaffen. Doch das erwies sich als schwieriger als gedacht …

Als er an Gleis 11 eintraf, waren die beiden Streithähne kurz davor, handgreiflich zu werden. Der eine, ein stämmiger, kleinwüchsiger Bursche mit kunstvoll gezwirbeltem Schnauzbart, hob bereits seinen Regenschirm, um ihn seinem Gegenüber über den Schädel zu schlagen. Sein Widersacher – groß, mager und blasshäutig – sah in seinem schwarzen Frack beinahe aus wie ein Bestattungsunternehmer. Wütend fuchtelte er mit einer zusammengerollten Zeitung in der Luft herum und schien ebenfalls kurz davor, sie als Schlagwaffe einzusetzen. Bevor etwas Schlimmeres passieren konnte, ging Banks dazwischen.

Schnell stellte sich heraus, dass es um einen ledernen Aktenkoffer ging, der zwischen den Streit-

hähnen auf dem Boden stand. Jeder der Männer behauptete, es handele sich bei dem Gepäckstück um sein Eigentum, und er habe es lediglich kurz abgestellt, um einen Fahrplan zu lesen (der Kleine) beziehungsweise sich eine Zigarette anzustecken (der Hagere).

„Eine in ihrer Dreistigkeit geradezu unverschämte Behauptung", stieß der dickliche Mann mit dem Schnauzbart atemlos hervor und wedelte mit seinem Schirm. „Wäre ich kein Gentleman alter Schule, hätte ich Ihnen schon längst ..."

„Eine doppelte Frechheit, mich für meinen rechtmäßigen Anspruch einen Lügner zu schelten", entgegnete der Schwarzgekleidete und zog ein Gesicht, als habe er in eine saure Zitrone gebissen. „Aber das wird Ihnen schlecht bekommen! Die Polizei wird im Handumdrehen meine Ansprüche anerkennen und Sie für Ihre verbrecherischen Absichten zur Rechenschaft ziehen!"

Erwartungsvoll richteten sich zwei Augenpaare auf den eben erst eingetroffenen Polizeibeamten.

Sergeant Banks fühlte sich absolut nicht wohl in seiner Haut. Beide Herren machten auf ihn einen durchaus vertrauenswürdigen Eindruck, und er hatte keine Vorstellung, wer von beiden der rechtmäßige Besitzer des Koffers sein mochte. Verunsichert kratzte er sich am Kopf, ließ den Blick Hilfe suchend den langen Bahnsteig hinauf- und hinunterschweifen.

Paddington Station war einer der bekanntesten Bahnhöfe Londons. Von dem riesigen Gebäude mit seiner beeindruckenden Stahldachkonstruktion aus konnte man mühelos unzählige Orte im ganzen Land erreichen. Außerdem hatte man Zugang zum Netz der Londoner Untergrundbahn, die alle wichtigen Punkte innerhalb der Stadt miteinander verband. Wie an jedem Werktag wimmelte es auf den Bahnsteigen von Passanten, Pendlern und Touristen. Verzerrte Lautsprecherstimmen verlasen Gleisänderungen, und ein ständig wiederkehrendes *Ding-Dong* kündigte die Ankunft und Abfahrt von Zügen an.

Banks wischte sich mit seinem Taschentuch den Schweiß von der Stirn und wandte sich wieder den beiden Kontrahenten zu. Noch immer hatte er keinen blassen Schimmer, was er unternehmen sollte. Er wusste nur, dass er sich keinesfalls die Blöße geben wollte, in der Zentrale Verstärkung anzufordern.

Als er eben unschlüssig den Mund öffnete, fuhr hinter seinem Rücken, auf Gleis 12, mit ohrenbetäubendem Lärm ein Zug ein. Bremsen quietschten zum Steinerweichen, Metall knirschte, und ein Schwall warmer, nach Öl und Dieselqualm riechender Luft schwappte über die drei Männer hinweg. Es machte *Ding-Dong*, und eine quäkende Frauenstimme verkündete: „Auf Gleis 12 ist eingefahren: Regionalzug 127 aus Oxford, über Reading, Winfield, Maidenhead."

Kaum war die Stimme der Ansagerin unter der hohen Decke verhallt, öffneten sich ächzend die Zugtüren, und ein Strom Reisender ergoss sich ins Freie, direkt an Banks und den beiden Männern vorbei. Der Sergeant wartete geduldig, bis die Fahrgäste an ihnen vorbei waren, dann öffnete er von Neuem den Mund.

Doch wiederum kam er nicht zum Sprechen.

Eine weiche, warme Hand legte sich unvermittelt von hinten auf seine uniformierte Schulter. Dann ertönte ein heiseres *Miau* ganz dicht neben seinem rechten Ohr. Banks fuhr erschrocken herum.

Nur einen Schritt hinter ihm war eine vertraute Gestalt auf dem Bahnsteig aufgetaucht: Es handelte sich um einen beleibten, älteren Herrn mit weißem Backenbart. Er trug einen karierten Mantel, dessen Kragen von einem extravaganten, schwarzen Pelzrand gesäumt wurde, und auf seinem Kopf saß ein runder Bowlerhut. Die beiden Streithähne, die sich während der Ankunft des Zuges unermüdlich weiter beschimpft hatten, hielten inne und starrten den Neuankömmling verwundert an.

„Professor Berkley!", entfuhr es Banks.

„Derselbige." Der Professor lächelte und stellte umständlich eine große sowie eine kleinere Reisetasche neben sich ab. „Und es ist mir, wie ich zugeben darf, eine besondere Freude, dass das erste Gesicht, das mir hier in London begegnet, ausgerechnet das Ihre ist, lieber Sergeant. Ein netter Zufall, ich muss schon sagen!"

„In der Tat", stimmte Banks zu und lächelte unsicher. Er hatte sich längst abgewöhnt, sich von dem plötzlichen und unerwarteten Auftauchen des Kriminologen an allen möglichen und unmöglichen Schauplätzen noch irritieren zu lassen. Darüber hinaus freute er sich, den Professor – dessen außergewöhnliche Kombinationsgabe er aufrichtig bewunderte – gerade hier und jetzt wiederzusehen. Grüßend nickte er dem schwarzpelzigen, buschigen Kragen zu, der wie stets um den Hals des Akademikers geschlungen war. Witty von Baskerville erwiderte den Gruß mit einem fröhlich zwinkernden grünen Auge. Wie üblich gab sie sich Mühe, dem chronisch entzündeten Hals des Professors etwas Wärme zu spenden, wofür sie ihn im Ge-

genzug als bequemes Fortbewegungsmittel nutzen durfte.

„Es ist auch mir eine Freude, Herr Professor. Aber was führt Sie nach London? Planen Sie einen Aufenthalt in unserer schönen Stadt?" Er warf einen kurzen Seitenblick auf das Reisegepäck des Professors. Hinter ihm begann der schnauzbärtige Dicke ungeduldig auf der Stelle zu treten, während der hagere Schwarzgekleidete nervös seine Zeitung auf- und wieder zusammenrollte.

„So kann man es ausdrücken, mein Lieber." Professor Berkley knöpfte seinen Übermantel auf und begann, in der Weste nach der Pfeife zu tasten. „Ich bin auf dem Weg zu meiner Großnichte Catherine. Sie besitzt ein kleines Antiquitätengeschäft am Birdcage Walk, ganz in der Nähe des St.-James-Parks. Da sie für ein paar Tage verreisen muss, hat sie Witty und mich gebeten, während dieser Zeit ein wenig auf Wohnung, Geschäft und Dillbert, ihren zahmen Hausraben, aufzupassen." Er stieß einen erfreuten Laut aus und zog seine Pfeife aus der Westentasche hervor.

„Dillbert ...", wiederholte Banks mit hochgezogenen Augenbrauen.

„Natürlich haben wir sofort zugesagt. Meine Großnichte reist heute Mittag zu einer Versteigerung ab – nach Paris, wenn ich mich recht entsinne –, und bis sie zurück ist, werden wir beide das Vergnügen haben, uns ein bisschen in der Hauptstadt umzutun." Er betrachtete für einen Moment versonnen die Pfeife in seiner Hand. „Sosehr mich die städtische Hektik gegen Ende meiner polizeilichen Laufbahn abgestoßen hat, so gespannt bin ich heute zu sehen, was sich in der Zwischenzeit alles verändert hat. Außerdem war Witty noch nie in London, und ich möchte sie mit einigen Sehenswürdigkeiten und der Geschichte der Stadt vertraut machen." Er förderte aus einer zweiten Westentasche einen Tabakbeutel zutage und begann, geübt die Pfeife zu stopfen. Witty von Baskerville beobachtete seine Vorbereitungen mit sichtlichem Unbehagen.

„Aber nun zu Ihnen, lieber Banks. Was führt Sie hierher? Sie treten doch nicht ebenfalls eine Reise an, oder?"

„Wenn die Herren vielleicht entschuldigen würden?", meldete sich da der schnauzbärtige Kofferanwärter aus dem Hintergrund zu Wort. „Ich mische mich nur ungern ein, aber vielleicht hätten Sie die Güte, zunächst *unsere* Angelegenheit hier zu klären, Sergeant? Ich habe einen dringenden Termin, zu dem ich keinesfalls zu spät kommen möchte …"

„Geht mir ebenso!", schnarrte der Schwarzgekleidete aufgebracht. „Wenn ich also endlich mein Eigentum ..."

Sergeant Banks verdrehte die Augen. „Nein, ich habe nicht vor zu verreisen, Herr Professor. Leider!"

Der Professor zündete seine Pfeife an und schickte genüsslich einige schokoladig duftende Rauchschwaden auf eine lange Reise hinauf zur Hallendecke. Während Witty ihnen noch mit gerümpfter Nase nachsah, erläuterte ihm Banks rasch die Sachlage.

„Hmm ...", machte Professor Berkley anschließend und warf den beiden Kontrahenten, die rechts und links neben dem Gepäckstück standen, prüfende Blicke durch die Gläser seiner viereckigen Brille zu. Kurz nahm er die Pfeife aus dem Mund, um Witty von Baskerville etwas ins Ohr zu flüstern. Ein leises Maunzen ertönte, dann flüsterte der Professor erneut. Die beiden Kofferanwärter beobachteten den Vorgang erstaunt und mit unverhohlenem Misstrauen.

Schließlich hob Berkley den Kopf und sagte nickend: „Nun, lieber Banks. Ich denke, die Angelegenheit lässt sich sehr einfach klären."

„Ach?", wagte Banks anzumerken und sah ihn mit großen Augen an.

Der Professor nickte. „Indem Sie nämlich diesen beiden Herren hier eine einzige, im Grunde recht simple Frage stellen."

Welche Frage meinte der Professor?

(Die Lösung findest du auf Seite 96.)

Fall Nr. 2:
Ein zweifelhafter Handwerker

Ein schrilles, elektrisches Surren ertönte aus dem vorderen Bereich des Antiquitätengeschäfts und verkündete das Eintreten eines Kunden. Catherine Taylor erhob sich von ihrem Schreibtisch in dem winzigen, aber penibel aufgeräumten Büro, stieg über einen gepackten Koffer hinweg und eilte in den Verkaufsraum.

Sie hatte das kleine, zweistöckige Geschäft in einer Seitengasse des Birdcage Walk vor gut zwei Jahren übernommen. Früher war hier Schmuck verkauft worden. Nachdem Catherine mit der Renovierung fertig war, hatte sie es jedoch in einen Antiquitätenladen, oder, wie sie es mit Vorliebe nannte, „Umschlagplatz für Antikes und Skurriles" umgewandelt. Heute war *Catherines Famoses Antiquitätenparadies* unter Eingeweihten die erste Adresse, wenn jemand ein ausgefallenes Gemälde, einen altmodischen Kochtopf oder einen reich verzierten Stuhl aus der Barockzeit suchte. Von historischem Essbesteck über uralte Globen oder hundertjährige Vogelkäfige bis hin zu endlosen Regalen voller zerlesener Landkarten und Bücher gab es hier wahrhaftig nichts, was es nicht gab – verteilt über zwei enge, aber ordentlich gegliederte Stockwerke, die durch eine verschnörkelte Wendeltreppe verbunden wurden.

Als Catherine in den vorderen Verkaufsraum trat, dauerte es nur Sekunden, bis sie den Neuankömmling zwischen einem aufwendig gedrechselten Kleiderständer und einem ausgestopften Braunbären mit angriffslustig erhobenen Pranken erspäht hatte.

„Großonkel Albert!" Mit einem strahlenden Lächeln eilte die junge Frau auf den rundlichen, weißhaarigen Mann zu. Er hatte zwei Reisetaschen neben sich auf den Boden gestellt und musterte bewundernd das Angebot des engen Ladens.

„Catherine", rief Professor Berkley nicht weniger erfreut und schloss seine Großnichte in die Arme. „Was für eine Freude! Wie lange ist es her, dass wir uns zum letzten Mal gesehen haben?"

„Mindestens ein halbes Jahr", sagte Catherine und drückte ihren Großonkel fest. Dabei bemerkte sie das schwarze, pelzige Etwas, das um den Hals des Professors lag.

„Äh, Catherine, das ist …"

„Witty von Baskerville, von der du mir kürzlich am Telefon schon vorgeschwärmt hast. Richtig?"

Lächelnd kraulte sie Witty unter dem Kinn, was diese sichtlich genoss. „Altenglischer Adel, welche Ehre! Du bist also außerordentlich intelligent, sagt Großonkel Albert. Stimmt das denn auch?"

Witty hob leicht den Kopf und maunzte bescheiden. Catherine musste lachen und griff nach dem Reisegepäck ihres Großonkels. „Kommt mit, ihr beiden. Ich zeige euch, wo ihr schlafen werdet. Und ich stelle euch Dillbert vor."

Catherine Taylors Privaträume befanden sich im dritten Stock des Gebäudes, oberhalb der beiden Verkaufsräume. Sie bewohnte eine kleine, modern eingerichtete Drei-Zimmer-Wohnung. In einem davon hatte sie ein Gästebett für ihren Großonkel sowie einen gemütlichen Korb mit zahlreichen Kissen für Witty von Baskerville vorbereitet. Die Küche dagegen war das Reich von Dillbert, einem übergewichtigen, schwarzen Raben. Er durfte sich frei in der Wohnung bewegen, brachte jedoch die meiste Zeit auf einer hölzernen Stange neben dem Esstisch zu. Dillbert wirkte für einen Vogel recht gebildet, nicht zuletzt, da er in der Lage war, verschiedene Worte in menschlicher Sprache zu sprechen. Dabei fiel kaum ins Gewicht, dass es sich bei den meisten davon um ziemlich unflätige Kraftausdrücke handelte.

„Das hat er nicht von mir", entschuldigte sich Catherine, als der Vogel die Besucher mit einem fröhlichen „Verdammter Mistdreck!" begrüßte. „Das konnte er schon, als ich ihn vom Vorbesitzer des Ladens übernommen habe."

Witty von Baskerville und der Rabe beschnupperten sich zunächst eine Weile misstrauisch. Nach einer kurzen Konversation, zu der Witty einige Maunzer und Dillbert diverse weitere Kraftausdrücke beitrugen, beschlossen die beiden jedoch, dass sie sich eigentlich ganz sympathisch fanden. Der Professor und Catherine nahmen es mit Erleichterung zur Kenntnis.

„Dann kann ja jetzt nichts mehr passieren!", freute sich Catherine wenig später, während ein Taxifahrer draußen vor dem Geschäft ihren Koffer im Wagen verstaute. „Wie gesagt: Es genügt, wenn du den Laden nachmittags von vierzehn bis achtzehn Uhr öffnest. Vormittags kommt ohnehin selten jemand. Und wenn du ausgehen möchtest oder keine Lust mehr hast, im Laden oder dem Büro herumzusitzen, hängst du einfach das Schild mit der Aufschrift *Bin wahrscheinlich irgendwann zurück* an die Tür."

„Kein Problem. Witty und ich werden dich würdig vertreten." Der Professor warf einen kurzen

Blick zur gegenüberliegenden Straßenseite. Dort lungerte schon seit einer ganzen Weile ein schäbig gekleideter kleiner Mann mit krummer Nase herum, der immer wieder betont unauffällig zu ihnen und dem Geschäft herüberschaute. Professor Berkley ließ sich nichts anmerken und wandte sich wieder Catherine zu. „Witty und ich drücken dir für die Versteigerung in Paris alle Pfoten – ich meine: Daumen. Hoffentlich kannst du einige rare und kostbare Kunstgegenstände günstig erstehen."

Catherine gab ihrem Großonkel zum Abschied einen dicken Kuss auf die Wange. „Danke, dass du mir aushilfst, Großonkel Albert!"

Bevor der Professor etwas erwidern konnte, saß Catherine schon im Taxi und winkte Witty und ihm zum Abschied durchs Fenster zu. Lächelnd winkte Professor Berkley zurück, Witty von Baskerville schwenkte fröhlich den Schwanz. Als der Wagen um die Ecke gebogen war, kehrten sie in *Catherines Famoses Antiquitätenparadies* zurück.

Das schrille Surren des Türsummers ließ den Professor in Catherines Büro hochfahren. Wie mit seiner Großnichte besprochen, hatte er um vierzehn Uhr den Laden geöffnet, bisher allerdings noch keinen einzigen Kunden bedient. Während er sich fas-

ziniert mit den zum Teil mehrere Hundert Jahre alten Schmökern in den Regalen beschäftigte, strich Witty von Baskerville neugierig durch die vollgestopften Räume, balancierte über uralte Möbel hinweg oder musterte neugierig – und auch etwas hungrig – die vielen von der hohen Decke baumelnden mumifizierten Fische und Eidechsen. Ab und zu drang aus dem dritten Stockwerk ein „Verdammter Mistdreck!" zu ihnen herunter.

Als Professor Berkley nun in den Verkaufsraum trat, erblickte er dicht bei dem ausgestopften Bären einen Mann in blauer Arbeitskleidung. In einer Hand trug er einen Werkzeugkasten, mit der anderen nahm er eine ebenfalls blaue Schirmmütze vom Kopf und winkte grüßend.

Sofort erkannte der Professor in ihm den Mann mit der krummen Nase wieder, der am Vormittag bei Catherines Abfahrt von der anderen Straßenseite aus das Gebäude beobachtet hatte.

„John Smith von den Elektrizitätswerken", stellte sich der Fremde vor. „Ich müsste dringend Ihre Stromanschlüsse kontrollieren. Sie sind, glaube ich, da hinten im Büro. Die ganze Straße hat momentan keinen Strom, und wir vermuten, dass es etwas mit den Kabeln in *diesem* Haus hier zu tun hat. Wenn Sie mich also kurz ...?"

Ein lautes Fauchen unterbrach den Mann, und er blickte irritiert vor sich zu Boden. Riesig groß hatte sich Witty von Baskerville vor ihm aufgebaut. Sie machte einen Buckel und sträubte wild ihr Fell, während sie dem Fremden ihre beeindruckend spitzen Zähne zeigte.

„Ich werde Sie ganz gewiss *nicht* ins Büro lassen,

mein Herr", sagte Professor Berkley bestimmt. Der Mann, der sich John Smith nannte, sah ihn überrascht an.

„Ich darf Ihnen weiterhin empfehlen, sich ganz fix aus dem Staub zu machen. Ansonsten wird umgehend ein bleibendes Andenken an die Krallen Witty von Baskervilles Ihre Schienbeine zieren! Darüber hinaus werde ich dann die Polizei darüber in Kenntnis setzen, dass sich ein Betrüger mit einem ausgesprochen plumpen Trick Zutritt zu unseren Geschäftsräumen verschaffen wollte, um Geld und Wertsachen mitgehen zu lassen!"

Welchen dummen Fehler hatte „John Smith von den Elektrizitätswerken" gemacht?

(Die Lösung findest du auf Seite 98.)

Fall Nr. 3:
Die Nebel von London

Ein schrilles Klirren durchschnitt die nächtliche Luft wie ein Messer. Ed Parrot sah sich irritiert um, aber der Londoner Nebel machte alles, was sich weiter als vier Schritte entfernt befand, so gut wie unsichtbar. Irgendwo, weit entfernt, ertönten die weltbekannten Glocken des Big Ben und verkündeten mit gleichmäßigen Schlägen die Uhrzeit …

Mitternacht!

Ed Parrot machte einige zögerliche Schritte in die Gasse, aus der er das verdächtige Klirren gehört zu haben glaubte. Sie war schmal und wurde auf beiden Seiten von hohen, reich verzierten Wohngebäuden im viktorianischen Stil flankiert.

Ed Parrot war im National Theatre gewesen – *Der Kaufmann von Venedig* von William Shakespeare – und hatte danach mit zwei alten Schulfreunden in einer Kneipe ein paar Gläser geleert. Um Geld zu sparen, machte er sich anschließend zu Fuß auf den Heimweg. Trotz des Nebels, der dick wie Zuckerwatte durch die nächtlichen Straßen wogte, hatte er dies nicht bereut … bis jetzt!

„Hallo? Ist da jemand?" Unsicher setzte Ed einen

Fuß in die enge Mündung der Gasse, dann einen zweiten. Wie in Zeitlupe wallte weißlicher Dunst um seine Beine. Nirgendwo war eine Menschenseele zu sehen. Selbst der Verkehr auf der Charing Cross Road hinter seinem Rücken schien zum Erliegen gekommen zu sein. Es herrschte geisterhafte Stille.

„Hallo?", rief er noch einmal und machte zwei weitere Schritte vorwärts.

Dann ging alles ganz schnell!

Urplötzlich sauste von rechts eine dunkle Gestalt in Eds Blickfeld, schräg von oben, als sei sie aus einem Fenster im ersten Stock gesprungen. Mit einem erstickten Schmerzenslaut kam die Gestalt nur wenige Meter entfernt auf dem Boden auf und sah sich hastig um. Obwohl sie Ed Parrot im dichten Nebel höchstens als undeutlichen Umriss erkennen konnte, stieß sie einen dumpfen Fluch aus und sprintete sogleich in die entgegengesetzte Richtung davon.

Ed blieb für einige Augenblicke völlig verdutzt stehen. War es möglich …?

Er richtete seinen Blick nach oben, von wo der seltsame Kerl gekommen war. Er konnte erkennen, dass eine Scheibe im Erdgeschoss eines der hübschen alten Häuser eingeschlagen war – von dort war das

Klirren gekommen, das er kurz zuvor vernommen hatte! Allerdings schien sich der Täter durch Eds Rufe gestört gefühlt zu haben und war deshalb so überstürzt geflohen. Kopfschüttelnd trat Ed einen Schritt zurück und kramte in der Jackentasche nach seinem Mobiltelefon, um die Polizei zu verständigen. Mitten in der Bewegung hielt er inne – er war auf etwas getreten.

Als er sich durch den suppigen Bodennebel nach unten beugte, erkannte er, um was es sich bei dem Gegenstand handelte, der dem Einbrecher offenbar bei seiner Flucht aus der Tasche gefallen war. Ed konnte sich ein Grinsen nicht verkneifen.

Es war eine Brieftasche!

„Also, Mister Brecker: Sie geben zu, dass es sich bei dieser Brieftasche hier um Ihr Eigentum handelt. Sie leugnen hingegen, dass Sie vor knapp zwei Stunden in jener Seitengasse der Charing Cross Road waren, wo der Geldbeutel unmittelbar nach einem Hauseinbruch gefunden wurde. Ist das korrekt?" Inspector Haggins' Stimme klang barsch und fordernd wie immer. Er redete auf einen jungen Mann mit blondem Lockenkopf ein, der im Morgenmantel vor ihm in einem kleinen, spartanisch eingerichteten Wohnzimmer stand.

„Ganz recht, Herr Inspector. Ich muss meine Geldbörse, die Sie anhand meines Personalausweises korrekt als meinen Besitz identifiziert haben, zu einem früheren Zeitpunkt in der Gasse verloren haben … heute Vormittag, beim Einkaufen beispielsweise. Vor knapp zwei Stunden, zum Zeitpunkt des Einbruchs, befand ich mich am anderen Ende der Innenstadt, in der Royal Albert Hall, wo gerade der letzte Satz eines insgesamt mehr als dreistündigen klassischen Konzertes erklang. Hier, schauen Sie: Ich kann Ihnen sogar meine Eintrittskarte vorlegen, falls es Sie interessiert!" Er trat an Haggins und Sergeant Banks vorbei und nahm eine dunkle Jacke von einem Ständer. Aus einer Innentasche förderte er eine Karte zutage, die er dem Inspector hinhielt. Darauf stand zu lesen: *Frederic Chopin – Klavierstücke* sowie das Datum des heutigen Abends.

„Interessant", murmelte Haggins. Seiner gepressten Stimme war deutlich zu entnehmen, dass ihm Breckers Alibi überhaupt nicht in den Kram passte. Auch von Mister Parrot, dem nächtlichen Spaziergänger, der den Einbrecher überrascht und anschließend die Polizei gerufen hatte, war keine weitere Unterstützung zu erwarten: Er hatte klar zu verstehen gegeben, dass er im Falle einer Gegenüberstellung nicht in der Lage sein würde, die Person, die er im dicksten Nebel nur für wenige Sekundenbruchteile gesehen hatte, zu identifizieren.

„Inspector?", sagte Sergeant Banks leise. „Inspector, wie werden wir weiter vorgehen?"

„Ruhe, Banks! Ich denke nach!" Ärgerlich wirbelte Haggins auf dem Absatz herum – und starrte entgeistert in ein rundes, bärtiges Gesicht sowie zwei aufgeweckte grüne Augen, die sich ein Stück tiefer, inmitten schwarzen Pelzes befanden!

Während der Inspector noch mit offenem Mund dastand, unfähig, ein Wort hervorzubringen, hob Professor Berkley grüßend die Hand.

„Auch uns bereitet es immer wieder große Freude, Sie zu sehen, lieber Inspector", erklärte er und fügte mit einem Seitenblick auf Sergeant Banks hinzu: „Und Sie selbstverständlich ebenfalls, lieber Sergeant."

„Wie ... woher ...?" Haggins gab sich keine Mühe, seine Verwirrung zu verbergen. „Wir befinden uns in einer Privatwohnung, niemand außer uns weiß, wo der Verdächtige wohnt. Wie ... wie zum Teufel kommen Sie hierher?"

„Ooooh ...", entgegnete der Professor gedehnt. „Lassen wir es für den Moment dabei bewenden, dass ich den Abend mit einem alten Freund im

Theater zugebracht habe – wir sahen uns *Der Kaufmann von Venedig* an. Und dieser Freund wurde zufällig später auf seinem Nachhauseweg Zeuge eines versuchten Einbruchs."

Inspector Haggins verzog ungläubig das Gesicht. „Wissen Sie was? Sie werden mir allmählich unheimlich, Professor!" Er trat einen Schritt zurück und machte eine ironisch einladende Geste. „Aber ich lasse Ihnen den Vortritt: Tun Sie, was immer Sie wollen, und schauen Sie, was Sie aus der Situation machen können!" Mit verschränkten Armen lehnte er sich gegen die Wand des Wohnzimmers und starrte betont desinteressiert in die andere Richtung. Allein Sergeant Banks, der den Inspector mittlerweile etwas besser kannte, ahnte, dass sein Vorgesetzter insgeheim darauf hoffte, die Lösung dieses Falles möge sich nicht länger als unbedingt erforderlich hinziehen – selbst wenn dies bedeutete, dass Professor Berkley und Witty von Baskerville einmal mehr für Klärung sorgen mussten.

Professor Berkley erwiderte die ironische Verbeugung und trat ins Wohnzimmer. Mister Brecker, der ihrer Unterhaltung verwirrt gefolgt war, starrte ihn zweifelnd an.

„Sie waren also heute Abend im Konzert, Mister Brecker?", erkundigte sich der Professor.

„Wie ich es dem Inspector bereits erklärt habe, ja."

„Interessant. Sagen Sie, stört es Sie, wenn ich rauche?"

Als Brecker den Kopf schüttelte, zog der Professor eine bereits fertig gestopfte Pfeife aus dem Mantel hervor und entzündete sie. Dicke Rauchschwaden stiegen auf und verwandelten das Innere des Zimmers in ein erstaunlich naturgetreues Abbild der nebligen Welt vor dem Fenster. „Sie lieben also klassische Musik, Mister Brecker? Bemerkenswert für einen jungen Mann wie Sie."

„Na und? Ist das vielleicht verboten?"

„Keineswegs, keineswegs. War es denn ein gutes Konzert?"

„Das können Sie laut sagen! Chopin spielte seine Stücke auf dem Konzertflügel meisterlich, die Aufführung war Weltklasse. Am Ende der Veranstaltung gab es minutenlang stehenden Beifall." Brecker warf genervt einen Blick auf die große Uhr, die an der Wand hing. „Das dürfte es dann wohl gewesen sein? Es ist schon spät, und ich würde gerne heute Nacht noch etwas Schlaf bekommen, wenn Sie gestatten?"

Professor Berkley nickte gütig. „Selbstverständlich. Schlaf ist wichtig. Allerdings fürchte ich, dass

Sie nicht hier schlummern werden, sondern in einer Zelle auf dem Polizeipräsidium." Er nahm seine Pfeife aus dem Mund und drehte sich zu Haggins um, der ihn überrascht ansah. Witty von Baskerville erwiderte den Blick des Inspectors mit ernster Miene, während sie mit dem Schwanz in Breckers Richtung deutete.

„Sie können diesen Mann festnehmen, Inspector. Ich bin mir sicher, dass er heute Abend *nicht* in der Royal Albert Hall war und seine Brieftasche tatsächlich während des Einbruchs am Tatort verloren hat."

Welche Aussage hatte Brecker verraten?

(Die Lösung findest du auf Seite 99.)

Fall Nr. 4:
Die verschwundenen Diamanten

„Verehrte Damen und Herren", rief der dicke Mann im Frack und wischte sich nervös mit einem Taschentuch über die rosige, schweißnasse Stirn. „Meine sehr verehrten Damen und Herren, es tut mir außerordentlich leid, wenn ich den Vortrag von Richter Beauford an dieser Stelle unterbrechen muss, aber just während wir hier beisammensaßen und uns über die neuesten Erkenntnisse der Verbrechensbekämpfung austauschten, ist wenige Stockwerke unter uns ein Verbrechen verübt worden!"

Ein Raunen ging durch die Reihen der fast zweihundert Gäste, die sich anlässlich eines kriminologischen Kongresses mit dem Thema *Verbrechensbekämpfung gestern, heute und morgen* in der prunkvollen Kongresshalle des Savoy-Hotels eingefunden hatten. Polizisten, Detektive, Psychologen und Kriminologen aus den unterschiedlichsten Teilen des Landes waren zu einer interessanten Veranstaltung mit Vorträgen und großer Podiumsdiskussion zusammengekommen. Bis vor kaum einer Minute hatten sie andächtig dem ebenso lehrreichen wie amüsanten Vortrag Dennis W. Beaufords gelauscht, eines pensionierten Friedensrichters aus Amerika. Doch dann war urplötzlich Percy Pommeroy, der dickliche Hauptorganisator des Kongresses, auf der Bühne erschienen und hatte Beaufords Ausführungen über die neuesten Methoden der Geldwäsche mit seiner unerwarteten Durchsage ein jähes Ende bereitet.

„Ein *Verbrechen?*", rief jemand aus einer der vorderen Reihen. „Hier und heute? Was ist denn geschehen?"

Wieder wischte sich Pommeroy mit zittriger Hand über die Stirn. „Jemand ... jemand ist in den Keller des Hotels eingedrungen und hat den dortigen Safe geknackt!", erklärte er stockend. Erneut erhob sich lautstarkes Gemurmel. „Darin befand sich unter anderem ein Etui mit zwölf makellosen Diamanten im Wert von fast einer Million Pfund. Es waren extrem seltene Steine aus dem Besitz einer Fürstin, die derzeit hier abgestiegen ist. Sie ... sie sind verschwunden!"

„Eine Million Pfund!", echote ein Kongressteilnehmer fassungslos.

„Aber das ist unmöglich", befand ein anderer. „Ich habe den Safe des Hotels bei meiner Anreise selbst begutachten dürfen. Es handelt sich um ein nagelneues Modell aktuellster Serie. Den kann man nicht einfach so ‚knacken'!"

„Es sei denn, der Täter wäre ein echter Profi", stellte eine tiefe Stimme aus einer der hinteren Sitzreihen fest. Dutzende Köpfe wandten sich um, zahllose Blicke fielen auf ...

„Albert!"

„Professor Berkley! Sie hier?"

„Der Professor ... na, das ist ja eine Überraschung!"

„Was ist denn das Schwarze da um seinen Hals?"

„Dass Sie es einrichten konnten zu kommen!"

„Schon gut, schon gut. Zu viel der Ehre", winkte Professor Berkley ab, dem die geballte Aufmerksamkeit so vieler Menschen, darunter zahlreiche alte Bekannte und Kollegen, ein wenig peinlich war. Er war etwas zu spät zum Beginn des Vortrags erschienen und hatte sich unauffällig in einer der hinteren Reihen niedergelassen. Und nach dem, was er eben gehört hatte, dämmerte ihm, dass der Grund für seine Verspätung möglicherweise etwas mit dem Einbruch in den Hotelsafe zu tun haben könnte ...

„Was meinst du damit – ein echter Profi?", hakte ein Kongressteilnehmer nach. Als der Professor ihm den Blick zuwandte, erkannte er nur wenige Plätze entfernt seinen in unscheinbares Grau gekleideten langjährigen Universitätskollegen Professor Eric Winter, einen Experten auf dem Gebiet der Spurensicherung. „Hast du gar schon jemanden im Verdacht, Albert?"

Von Neuem erhob sich erwartungsvolles Gemurmel. Schließlich hatte fast jeder der Anwesenden bereits von der übernatürlichen Auffassungs- und Kombinationsgabe des Professors und seiner vierbeinigen Kollegin, Witty von Baskerville, gehört.

Professor Berkley dachte kurz nach, dann schüttelte er den Kopf. „Noch nicht wirklich", erklärte er. „Ich habe lediglich bei meinem Eintreffen im Foyer des Hotels jemanden gesehen, der in unmittelbarem Zusammenhang mit der Tat stehen könnte. Ich werde der Sache mit meinem Freund und Kollegen, Professor Winter, sofort nachgehen. Lauschen Sie in der Zwischenzeit ruhig weiter den interessanten Ausführungen von Richter Beauford – ich finde, eine Veranstaltung zur Bekämpfung des Verbrechens sollte nicht ausgerechnet durch einen solchen Vorfall gestört werden. Ich werde Sie später darüber informieren, ob wir etwas herausfinden konnten."

Zustimmende Rufe und verhaltener Beifall wurden hörbar, und als sich die schwere Flügeltür hinter den Professoren Berkley und Winter schloss, setzte Richter Beauford seinen Vortrag bereits fort.

„Und du bist wirklich sicher, dass du *Alicia Pickett* gesehen hast?" Eric Winters Stimme klang ungläubig, während er gemeinsam mit Professor Berkley im altmodischen Fahrstuhl des Savoy-Hotels hinauf in den achten Stock fuhr. „Alicia ‚Ich-stibitze-den-Stern-von-Eschnapur'-Pickett? ‚Juwelen-Ally'?"

Professor Berkley nahm seine qualmende Pfeife aus dem Mund, mit der er – unter lautstarkem Protest Wittys, die Rauch in geschlossenen Räumen absolut nicht schätzte – die Kabine fast vollständig eingenebelt hatte. Er gestattete sich ein Grinsen. „Deinen Worten entnehme ich, dass du dich noch gut an sie erinnern kannst?"

„*Erinnern* dürfte leicht untertrieben sein", entgegnete Winter, während der Fahrstuhl im achten Stock zum Stehen kam. „Alicia Pickett ist mir aus rund einem Dutzend spektakulärer Fälle mehr als bekannt, und zwar als die gewitzteste Juwelendiebin und Safeknackerin unseres Jahrhunderts. Und eine der erfolgreichsten! Wenn ich mich recht erinnere, konnte man ihr keinen ihrer Einbrüche nachweisen. Richtig?"

„Weil sie eine Expertin darin ist, ihr Diebesgut

sofort von der Bildfläche verschwinden zu lassen", bestätigte Professor Berkley, der im Vorübergehen Schilder mit Zimmernummern las. „846. Hier muss es sein. Um auf deine Frage zurückzukommen: Ich bin mir keineswegs sicher, dass sie es war. Wie du dich nämlich ebenfalls erinnern wirst, ist Alicia Pickett eine Meisterin der Verkleidung. Wenn sie nicht erkannt werden möchte, ist sie auch nicht zu erkennen. Wie mir der Portier vorhin anvertraute, ist die Frau, die ich beim Betreten des Hotels sah und für die Meisterdiebin hielt, unter dem Namen Mary Westenra im achten Stock, in Suite 846 abgestiegen." Er deutete vielsagend auf die Tür vor sich. „Vielleicht wissen wir gleich mehr …"

Witty von Baskerville maunzte erwartungsvoll.

„Mal ehrlich, Albert: Wenn sich Alicia Pickett – die echte, die *einzige* Alicia Pickett – tatsächlich hier im Hotel aufhalten sollte, dazu noch unter falschem Namen, dann dürfte ja wohl so ziemlich oberklar sein, wer die unersetzlichen Diamanten gestohlen hat, oder?"

„Mag sein." Professor Berkley klopfte dreimal laut gegen die Tür. „Ein Problem dürfte dann allerdings immer noch darin bestehen, es ihr auch zu beweisen!"

Wenige Augenblicke später schwang die Tür auf,

und eine hübsche Frau mittleren Alters trat den beiden Kriminologen entgegen. Alicia Pickett war groß, schlank und – wie Professor Berkley beruhigt feststellte – momentan nicht verkleidet. Er kannte die schmalen, leicht orientalisch anmutenden Gesichtszüge und die haselnussbraunen Augen von den Bildern der Verbrecherkartei der Londoner Polizei. Ihr fast schwarzes Haar trug Alicia Pickett hochgesteckt, ihre tadellose Figur steckte in einem eleganten Abendkleid.

„Sie wünschen?", wollte sie knapp wissen, als ihr mit einem Mal zu dämmern schien, wen sie vor sich hatte. „Der berühmte Professor Berkley! Dass ich *Sie* hier treffen würde, hätte ich mir beim besten Willen nicht träumen lassen. Kommen Sie doch herein!"

Mit einladender Geste trat Alicia Pickett beiseite. Professor Winter stieß einen anerkennenden Pfiff aus, als sie durch einen kurzen Flur ins Innere der Suite traten. Das Apartment umfasste etliche Zimmer und war mit allem erdenklichen Prunk ausgestattet: Dicke Perserteppiche bedeckten den Boden, teure Ölgemälde hingen an den Wänden, und im Salon mit seiner samtenen Sitzgruppe befand sich ein in die Regalwand eingelassenes Aquarium. Es hatte die Größe eines riesigen Fernsehers, und in seinem kristallklaren Wasser tummelten sich zahllose kunterbunte Meeresfische.

Sie nahmen vor dem Glasbehälter Platz. Während Witty von Baskerville zu Boden sprang und begann, die Umgebung zu erkunden, stellte der Professor Alicia Pickett seinem Kollegen vor. Professor Winter konfrontierte sie sofort mit dem Verdacht des Juwelenraubs. Ihre Reaktion darauf fiel jedoch anders aus als erwartet.

„So, so. Ich soll also den Hotelsafe geknackt und unermesslich teure Steine geklaut haben?" Alicia Pickett schmunzelte und sah die beiden Professoren abwechselnd an. „Bei meiner Vorgeschichte nützt es wohl kaum etwas, wenn ich Ihnen versichere, dass Sie sich täuschen? Schön, dann kann ich Sie nur dazu auffordern, mir den Diebstahl der Steine nachzuweisen. Schließlich müssten die Klunker dann ja noch irgendwo in meiner Suite zu finden sein, nicht wahr?"

Professor Winter, der nur auf eine derartige Aufforderung gewartet zu haben schien, sprang auf. Er passierte Witty von Baskerville, die vor dem großen Aquarium stand und interessiert dessen bunte Bewohner musterte. „Da bekommt eine Katze wie du Appetit, was?", murmelte er und begann, nacheinander sämtliche Zimmer der Suite zu durchsuchen.

Winter liess sich Zeit, er ging mit Bedacht vor und nutzte die Routine, die er während der vielen Jahre im Polizeidienst gewonnen hatte: Schubfächer wurden ausgeräumt, Matratzen vom Bett gehoben, Bilder von der Wand genommen. Edle Designerlampen büssten ihre Glühbirnen ein, jeder Teppich wurde zusammen- und wieder auseinandergerollt, um sicherzugehen, dass nichts darunter verborgen lag.

Währenddessen beobachtete Professor Berkley

die Meisterdiebin, die weiterhin fröhlich vor sich hin lächelte. Witty von Baskerville hatte ihre Betrachtung des Aquariums beendet und ließ sich neben Alicia Pickett auf dem Sofa nieder. Selbstsicher begann die Diebin, ihr das glänzend schwarze Fell zu streicheln.

Nach einiger Zeit kehrte auch Professor Winter ins Wohnzimmer zurück. Er war verschwitzt, sein graues Haar stand in wirren Büscheln vom Kopf, und sein Blick verriet tiefe Ratlosigkeit.

„Nichts zu finden, Albert!" Seine Stimme klang enttäuscht. „Ich habe jeden Winkel durchsucht, in jedem Hohlraum nachgeschaut, in dem man die Steine verschwinden lassen könnte. Ohne Erfolg! Ich fürchte, wir werden uns bei Miss Pickett entschuldigen und den Fall der hiesigen Polizei übergeben müssen. Vielleicht finden sich am Safe ja irgendwelche brauchbaren Spuren auf den oder die Täter und …"

„Miau!"

Ein durchdringendes Maunzen schnitt Winter das Wort ab, als Witty von Baskerville mit einem anmutigen Satz vom Sofa sprang und quer durchs Zimmer eilte. Erhobenen Schwanzes blieb sie schließlich stehen. Ihr Blick schien die Professoren aufzufordern, ihr zu folgen.

Der Professor schaute einen Moment verdutzt drein, dann steckte er seine erloschene Pfeife fort und erhob sich träge.

„Nun, Eric. Zweifellos hast du deine Sache gut gemacht, besser als mancher Beamte der hiesigen Polizei, so viel steht fest. Dennoch ist dir offenbar ein Versteck entgangen, auf das Witty uns ganz zu Recht hinweist." Er deutete auf den starr in die Luft ragenden Schwanz der Katze und lächelte Alicia Pickett freundlich zu. Deren eigenes Lächeln war während seiner letzten Worte buchstäblich zu Eis erstarrt.

„Du hast tatsächlich alle Orte abgesucht, an denen man die Diamanten hätte finden können – bloß nicht den einzigen, wo man sie *nicht* finden kann!"

Welches Versteck, auf das Witty von Baskerville hinwies, meinte der Professor?

(Die Lösung findest du auf Seite 100.)

Fall Nr. 5:
Blüten im Tower 🐾 🐾 🐾

„So, so. Das sind also unsere Verdächtigen?" Mit zusammengekniffenen Augen näherte sich Inspector James P. Haggins den drei Männern, die unsicher neben der Kasse mit dem Schild *Geschlossen* standen. Ein steter Strom von Besuchern wälzte sich hinter ihm vorbei, um an einer der anderen Ausgabestellen eine Eintrittskarte für eine Führung durch den Tower von London zu erstehen, eines der historischen Wahrzeichen der Stadt. Auf der anderen Seite des geschlossenen Tresens kam ein ausgemergelter, uniformierter Kassenwart zum Vorschein. Er nickte wild, während er auf die drei Männer deutete.

„Jawohl, Sir! Diese drei Herren waren die Letzten, die bei mir mit jeweils vier einzelnen Pfundnoten ihren Eintritt bezahlt haben. Leider bemerkte ich zu spät, dass sich vier dieser insgesamt zwölf Geldscheine irgendwie sonderbar anfühlten. Ich dachte zunächst, es seien einfach neuere Scheine, aber als ich genauer hinsah, stellte ich fest, dass alle vier identische Seriennummern aufwiesen. Das bedeutet, sie sind gefälscht!"

„Und da Sie aus der Zeitung wussten, dass wir schon seit einiger Zeit hinter einer Geldfälscherbande her sind, die in dieser Gegend Blüten in Umlauf bringt, haben Sie die drei infrage kommenden Männer festhalten lassen und uns verständigt", beendete Sergeant Banks, die Ausführung des Kartenverkäufers. „Das haben Sie gut gemacht. Jetzt müssen wir nur noch herausfinden, wer von diesen dreien absichtlich mit Falschgeld bezahlt hat."

Haggins warf einen genervten Seitenblick auf die lärmende Menge von Besuchern ringsum und wandte sich seinerseits an den Kassierer: „Sagen Sie, gibt es hier vielleicht irgendwo einen Raum, in dem wir uns in Ruhe mit den Verdächtigen unterhalten können?"

Der spargeldünne Kassierer verzog die Stirn und dachte nach. Während er noch angestrengt überlegte, murmelte ganz in der Nähe plötzlich eine tiefe Stimme: „Ich wusste, dass dir der Tower gefallen würde! Ist es nicht erstaunlich, wie viele Personen von Rang und Namen hier über die Jahrhunderte eingekerkert und zum Teil sogar hingerichtet wurden? Brrrr! Und die Kronjuwelen erst! Hast du die St.-Edwards-Krone gesehen? Angeblich soll sie über zwei Kilo wiegen. Beachtlich, oder?"

Die Stimme näherte sich unaufhaltsam. Als ihr

unvermittelt ein lautes Maunzen zu antworten schien, zuckte Haggins unwillkürlich zusammen. Verkrampft drehte er sich zum Sergeant um und verdrehte die Augen.

„Banks, bitte sagen Sie mir, dass jetzt nicht das passiert, was ich erwarte! Nur dieses eine Mal! Bitte sagen Sie mir, dass, wenn ich mich jetzt umdrehe, dort *nicht* …"

„Professor Berkley!", rief der Sergeant, als er den Kopf drehte und erkannte, wer sich der kleinen Gruppe vor dem geschlossenen Kassenschalter genähert hatte.

„Derselbige. Aber was ...?" Der Professor hielt inne und warf einen überraschten Blick in die Runde. „Meine Freunde von den Londoner Ordnungshütern!", stellte er erfreut fest und kam näher.

„*Freunde* ...", murmelte Haggins, schlug sich mit der Hand vor die Stirn und schloss die Augen.

„Nun sagen Sie bloß, dass hier ..." Mit einem raschen Blick erfasste Professor Berkley die Situation und wies mit der Hand auf die uniformierten Polizeibeamten, die hinter Haggins und Banks die Kasse flankierten. „Ein Kriminalfall? Da schau an! Und das ausgerechnet jetzt, wo Witty und ich gerade ..."

„Lassen Sie mich raten", giftete Haggins und machte eine unbeherrschte Geste mit dem ausgestreckten Arm, wobei er fast einem vorbeilaufenden Mann den Hut vom Kopf schlug. „Sie und Ihr teuflisches Katzenviech haben ausgerechnet hier und heute eine Führung durch den Tower mitgemacht, habe ich Recht?"

„Das ‚teuflische Katzenviech' möchten wir überhört haben! Aber ansonsten: Ja, genau das haben wir getan. Gerade eben kommen wir aus den unterirdischen Gewölben, wo ich Witty von Baskerville die Kronjuwelen gezeigt habe. Haben Sie diese Kostbarkeiten schon einmal gesehen? Das sollten Sie, lieber Inspector, das sollten Sie unbedingt! Als Nächstes wollten wir uns im Hof die traditionelle Wachablösung mit Schlüsselübergabe anschauen. Aber wenn hier in kriminalistischer Hinsicht Not am Mann ist, werden wir selbstverständlich gerne darauf verzichten." Er lächelte zuvorkommend und kramte in seiner Manteltasche nach der Pfeife.

„Äh, nein, nein! Sie sollten keinesfalls auf die historische Schlüsselübergabe verzichten", säuselte Haggins plötzlich zuckersüß. „Hier ist längst alles in Butter, lassen Sie sich und der Katze deswegen auf keinen Fall eine derartige Sehenswürdigkeit entgehen! Wir haben längst …"

„Mir ist ein Ort eingefallen, wo Sie die Verdächtigen in Ruhe verhören können, Herr Inspector", unterbrach ihn der schlaksige Kassierer. „Vielleicht kriegen Sie dort ja heraus, wer von den dreien zu der gesuchten Geldfälscherbande gehört! Kommen Sie mit."

Seufzend gab Haggins den uniformierten Polizisten und Sergeant Banks ein Zeichen. Zusammen mit den drei Verdächtigen ließen sie sich von dem

Kassierer durch eine Tür führen – dicht gefolgt von Professor Berkley und Witty von Baskerville.

„Gut. Und nun in aller Ruhe, meine Herren", hob Haggins an, nachdem sie einen karg eingerichteten Besprechungsraum im Verwaltungstrakt des Towers erreicht hatten. Die drei Männer hockten nebeneinander auf harten Holzstühlen, die Polizisten hatte der Inspector für die Dauer des Verhörs vor die Tür geschickt. Aus seiner Sicht herrschten damit ideale Bedingungen für die Untersuchung des Falles – wäre da nicht das leise Schnurren hinter seinem Rücken gewesen und die dicken, weißen Rauchkringel, die sich in unregelmäßigen Abständen seitlich in sein Blickfeld ringelten …

„Also, jeder von Ihnen behauptet, nichts von den gefälschten Banknoten gewusst zu haben. Und doch hat einer von Ihnen mit Falschgeld bezahlt. Wir müssen herausfinden, woher dieses stammt, beziehungsweise ob einer von Ihnen *bewusst* damit bezahlt hat, um im Auftrag der gesuchten Fälscherbande Blüten in Umlauf zu bringen."

Unter den Männern erhob sich entrüstetes Gemurmel.

„Immer mit der Ruhe! Es wird nicht lange dauern, das verspreche ich Ihnen. Wenn mir vielleicht jeder von Ihnen kurz seinen Namen nennen und Auskunft darüber erteilen würde, woher er die Scheine hatte, mit denen er vorhin seine Eintrittskarte bezahlte?" Der Inspector hielt inne, um zu hören, ob das schnurrende, rauchende Duo hinter seinem Rücken einen Einwand vorzubringen hatte. Als dies nicht der Fall war, wies er mit der Hand auf den ganz links sitzenden Mann, einen Burschen von bäriger Statur.

„Sie da! Sie fangen an."

„Mein Name ist Oxnard", knurrte der Mann. „Hab die vier Einpfundnoten vorhin am Kiosk als Wechselgeld für Zigaretten bekommen und an der Kasse vom Tower gleich wieder ausgegeben. Hab nicht geprüft, ob sie echt waren, und es interessiert mich auch einen feuchten Kehricht!"

„Ah ja. Sehr aufschlussreich", murmelte Sergeant Banks, der wie immer jedes Wort beflissen in seinem kleinen Notizblock mitschrieb. „,... feuchten Kehricht.' Und Sie? Wie ist es mit Ihnen?" Er deutete mit dem Kugelschreiber auf den mittleren Verdächtigen, einen Mann mit dunkler Hautfarbe und fettig am Kopf klebendem Haar.

„Ich heiße Ludovico Ciardi und stamme aus Süditalien", gab der Befragte Auskunft. „Als ich vorhin von meinem Hotel mit dem Taxi zum Tower gekommen bin, hatte ich noch eine Zehnpfundnote und einen Einer in der Tasche. Ich weiß es deswegen so genau, weil ich das Taxi mit dem Zehner bezahlte, obwohl ich mir darauf kurz zuvor eine wichtige Internetadresse notiert hatte, die ich mir merken wollte. Der Taxifahrer gab mir einen Fünfer sowie vier neue Einpfundnoten als Wechselgeld heraus. Mit den vier Einern bezahlte ich anschließend an der Towerkasse. Sollten sie falsch gewesen sein, habe ich sie mit Sicherheit vom Taxifahrer bekommen!"

„Hm-hmm. Und Sie?", wollte Haggins mit einem skeptischen Blick vom dritten im Bunde wissen, einem langhaarigen Mann mit buntem Stirnband und weit ausgestellten Jeans.

„Ich bin Simon Clarus. Bin mir sicher, dass sich unter meinen Geldscheinen keine Blüten befunden haben. Hatte sie kurz vorher erst von der Bank abgehoben, dreißig Pfund in Einern."

„Dreißig Pfund in einzelnen Scheinen?", wollte Sergeant Banks ungläubig wissen.

„Mach ich immer so." Clarus zuckte mit den Schultern. „Ist cooler!"

„Cooler", wiederholte Banks, nickte und beendete seine Notizen. Dann sah er mit fragender Miene zu Inspector Haggins hinüber, der zornig an seiner

Unterlippe nagte. Es war klar ersichtlich, dass er nicht wusste, was er mit den Aussagen der Männer anfangen sollte.

„Hmm. Nun, so wie ich die Sache sehe", begann er zögerlich, „sagen alle drei die Wahrheit. Wir werden also unsere Suche ausdehnen und uns den Besitzer des erwähnten Kiosks und diesen Taxifahrer mal vornehmen müssen."

„Vielleicht auch nicht", ließ sich Professor Berkley aus dem Hintergrund vernehmen. Bedächtig näherte er sich den Verdächtigen, während der Inspector ihn mit blitzenden Augen beobachtete.

„Ach nein?", zischte Haggins. „Hätten Sie dann vielleicht die Freundlichkeit, uns zu verraten, an welcher der drei Aussagen Sie etwas auszusetzen haben?"

Der Professor schritt gemächlich an der Reihe der Verdächtigen entlang. Als er einen der drei passierte, stieß Witty mit einem Mal ein durchdringendes Fauchen aus. Sie sträubte das Fell und funkelte gefährlich mit den grünen Augen.

„Witty von Baskerville und ich würden Ihnen empfehlen, sich *diesem* Mann hier etwas ausführlicher zu widmen. Er dürfte nämlich einen guten Grund dafür haben, dass er Sie belogen hat, Inspector."

Auf welchen der drei Männer wies Witty von Baskerville den Inspector hin?

(Die Lösung findest du auf Seite 101.)

Fall Nr. 6:
Die entwendete Jacht

Schon vor Stunden war die Sonne über der Themse aufgegangen, doch sie hatte den Kampf gegen den allgegenwärtigen Londoner Nebel noch nicht für sich entscheiden können. Auch wenn sich der Morgendunst in den Straßen der Innenstadt fast gelichtet hatte, so hielt sich in der Nähe des Flusses immer noch ein hartnäckiger Schleier. Wie gerupfte Watte lag er über der Wasseroberfläche und umhüllte auch die Häuser am Flussufer gleich einem undurchdringlichen weißen Schal. Passanten, die sich dem Wasser näherten, wurden in der milchigen Pracht regelrecht unsichtbar.

Auch von den drei Personen, die sich an einer privaten Anlegestelle einige Hundert Meter südlich der Westminster Bridge zusammengefunden hatten, konnte man kaum etwas erkennen. Sie standen am Fuß einer kleinen Treppe, die von der Rückseite eines mehrstöckigen Wohnhauses hinunter ans Wasser führte. Zwei von ihnen trugen schwarze Polizeiuniformen, und einer von diesen beiden redete in harschem Ton auf den dritten ein, einen groß gewachsenen, breitschultrigen Mann im Freizeitanzug.

„Also schön, Mister Bulleteer. Jetzt erzählen Sie uns doch mal ganz genau, was sich vorhin hier abgespielt hat. Banks, schreiben Sie mit?"

Die von Nebel umhüllte Gestalt neben ihm hob einen Notizblock in die Höhe. „Alles bereit, Inspector", verkündete Sergeant Banks.

„Nun, es spielte sich folgendermaßen ab", begann Mister Bulleteer mit selbstbewusster Stimme. „Ich habe heute meinen freien Tag, daher nahm ich oben in meinem Haus in aller Ruhe ein ausgiebiges Frühstück zu mir." Er deutete durch den Nebel hinter sich auf das mehrstöckige Wohnhaus. „Danach wollte ich, wie ich es immer tue, wenn ich Zeit finde, eine Runde mit meiner Motorjacht über den Fluss drehen." Er wies auf den leeren Anlegesteg neben sich, dann hinaus auf die dunstbedeckte Wasserfläche.

„Sie wollten Boot fahren – bei dieser Suppe?" Die Stimme von Inspector Haggins klang zweifelnd.

Ein Lächeln machte sich auf Mister Bulleteers Gesicht breit. „Ich liebe es, im Nebel rauszufahren! Natürlich, man muss ein wenig aufpassen, um nicht mit den Lastkähnen oder einem Brückenpfeiler zusammenzustoßen. Aber wenn man sich konzentriert, ist es, als flöge man über eine Wolkendecke dahin ... Wie auch immer, dazu sollte es heute jedenfalls nicht kommen!" Er hielt ärgerlich inne und trat einen Stein vom Anlegepier ins Wasser, wo er mit einem leisen *Plöppsch* versank.

„Was geschah weiter?", erkundigte sich Sergeant Banks aus einer Nebelschwade heraus.

„Schweigen Sie, Banks!", zischte Haggins. An Mister Bulleteer gewandt fügte er hinzu: „Was geschah weiter?"

„Ich kam mit etwas Verpflegung und was ich sonst so für einen Tagesausflug brauche die Treppe hinunter und näherte mich dem Steg. Urplötzlich tauchte jemand aus dem Nebel auf, trat von hinten auf mich zu und zog mir mit einem schweren Gegenstand eins über! Ich taumelte und ging in die Knie, ohne jedoch das Bewusstsein zu verlieren. Der Unbekannte griff nach meinem Schlüsselbund, an dem all meine Schlüssel hängen, auch die der Jacht. Er sprang an Deck, und bevor ich wieder auf den Füßen war, heulte der Motor auf, und der Mann war davongebraust – mit meinem Boot!"

„Hmm", machte Haggins und rieb sich seine spitze Habichtnase. Irgendwo im Nebel hinter ihm knirschte es verstohlen. „Was taten Sie anschließend?"

„Der Täter war sofort im Nebel verschwunden,

ohne dass ich ihn hätte erkennen können. Ich lief also rasch hinauf ins Haus, um Sie zu verständigen."

„War dort eventuell jemand, der den Täter beobachtet haben könnte, möglicherweise von einem Fenster aus?"

„Nein, Inspector. Ich bin Junggeselle und lebe allein. Folglich war niemand im Haus, und das Nachbarhaus ist zu weit entfernt, um bei diesem Nebel etwas erkennen zu können."

„Sagen Sie, Mister Bulleteer: Um was für ein Boot handelte es sich eigentlich?", wollte Banks wissen und raschelte mit seinem Notizblock.

„Oh, Betty war ein wahres Prachtstück!", rief Bulleteer begeistert und begann wild mit den Armen im Nebel umherzuwedeln.

„Betty?", wiederholte Banks vorsichtig.

„Eine Brunswick GT 2010, Baujahr 91. Ein Traum von einer Kleinjacht! Acht Meter von Bug bis Heck, 500 zugkräftige Diesel-PS, mahagonigetäfelter Führerstand, Satelliten-Navigationssystem und eine Minibar, die keine Wünsche offen lässt ... und mit der sich nun wahrscheinlich der Dieb eine gute Zeit macht! Ich darf gar nicht daran denken."

„Unschöne Sache, Mister Bulleteer", gab Inspector Haggins zu. „Natürlich werden wir versuchen,

Ihre Jacht wiederzufinden. Wenn das Boot allerdings so schnell ist, wie Sie sagen, hat der Täter das Stadtgebiet möglicherweise bereits verlassen, bevor wir den Fluss abriegeln können."

Mister Bulleteer schien einen Augenblick zu überlegen, dann straffte sich seine Haltung. Er nickte. „So ärgerlich die Sache ist, Herr Inspector, und so viele positive Erinnerungen ich mit Betty verbinde – meine Versicherung wird mir den Verlust fraglos voll ersetzen. Ein Glück!"

Wieder knirschte etwas hinter den beiden Polizeibeamten im Nebel, dann waren plötzlich schlurfende Schritte auf dem Beton der Anlegestelle zu hören. Eine stämmige Gestalt schälte sich nur wenige Meter neben ihnen aus dem Nebel, wo sie sich bereits eine ganze Weile verborgen zu haben schien. Eine tiefe Stimme sagte: „Ob Ihnen die Versicherung Ihr Boot tatsächlich ersetzen wird, Mister Bulleteer, steht zu bezweifeln. Erfahrungsgemäß schätzt man es dort nicht besonders, wenn jemand versucht, sich unrechtmäßig in den Besitz einer hohen Versicherungssumme zu bringen!"

„Was zum …?", entfuhr es Inspector Haggins.

„Professor Berkley!" Sergeant Banks ließ seinen Notizblock sinken.

„Wer ist diese Person?", zischte Mister Bulleteer

und spähte mit zusammengekniffenen Augen in den Nebel.

„Ach!" Inspector Haggins machte mit seinem spargeldünnen Arm eine abfällige Handbewegung. „Nur ein aufdringlicher alter ..."

Doch er wurde von einem schrillen Fauchen unterbrochen. Leuchtend grüne Augen blitzten angriffslustig durch dunstige Nebelschwaden.

„Danke, Witty", sagte Professor Berkley höflich. „Wohlan, Inspector, es mag Ihnen vielleicht aufdringlich erscheinen, dass der Zufall unsere Wege einmal mehr im richtigen Moment zusammengeführt hat. Dennoch habe ich das untrügliche Gefühl, Sie könnten noch dankbar dafür sein, dass Witty und ich uns just ein wenig am Flussufer die Beine vertreten wollten ... spätestens, wenn wir Sie auf eine entscheidende Ungereimtheit in Mister Bulleteers Aussage aufmerksam machen!"

Welche Ungereimtheit meinte Professor Berkley?

(Die Lösung findest du auf Seite 103.)

Fall Nr. 7:
Eine Zigarre aus Wachs

„Haaaaalt, ihr Burschen! Schön hiergeblieben! So leicht kommt ihr mir nicht davon. Denkt wohl, ihr könnt so mir nichts, dir nichts die Zigarre des alten Sir Winston klauen, was? Aber ihr habt die Rechnung ohne die aufmerksamen Augen von Max Cavalevsky gemacht. Sofort stehen geblieben und Taschen ausgeleert, aber zack-zack!"

Eingeschüchtert erstarrten die vier zwölfjährigen Jungen mitten in der Bewegung. Sie sahen sich unsicher nach allen Seiten um, aber die restlichen Schüler ihrer Gruppe waren bereits mitsamt dem Lehrer in die nächste Halle weitergezogen, um dort die Helden der Raumfahrt zu bestaunen. Außer ihnen, einem alten, weißhaarigen Mann in einem karierten Mantel sowie dem verhutzelten Museumsaufseher, der gerade in seinem grauen Overall auf sie zugestolpert kam, war die Halle mit den Wachsfiguren aus Politik, Wirtschaft und Kultur menschenleer.

Bisher hatte den Jungen der Schulausflug in Madame Tussauds Wachsfigurenkabinett eigentlich Spaß gemacht, wenngleich es nach ihrem Geschmack ruhig ein paar mehr Stars aus Musik, Sport und

Film hätte geben können. Die Räume mit den angestaubten Gestalten aus Literatur oder Geschichte interessierten sie herzlich wenig. Ihr Klassenlehrer, Mister Sprout, hatte die Klasse jedoch damit geködert, dass sie sich später, zur Belohnung für diesen eher öden Abschnitt der Tour, die *Kammern des Schreckens* im Untergeschoss ansehen würden. Dort gab es wächserne Nachbildungen von Massenmördern und Wahnsinnigen zu bestaunen, mit beweglichen Figuren wurden Hinrichtungen nachgestellt, und durch die verdunkelten Korridore hallten die verzweifelten Schreie der Todgeweihten. *So* ließ sich ein Museumsbesuch aushalten!

Doch wie es aussah, würden die vier Schüler auf diesen unterhaltsamen Teil der Besichtigung noch eine Weile warten müssen. Der grau gekleidete Aufseher humpelte näher.

„Hab ich euch erwischt!", zischte er aufgebracht. „Max Cavalevsky hat euch auf frischer Tat ertappt! Nun rückt schon raus mit der Sprache, ihr Burschen: Wer von euch hat Churchill seine Zigarre weggenommen?"

„Mister Sprout? Hallo, Mister Sprout? Kommen Sie bitte zurück", rief einer der Jungen zögernd in die Richtung, in die der Rest der Schulklasse mit ihrem Lehrer verschwunden war. Die anderen drei starrten den Aufseher verunsichert an. Und das war durchaus verständlich.

Max Cavalevsky musste an die siebzig Jahre alt sein. Er war dürr und klapprig, in seinem Mund fehlten mehrere Schneidezähne. Unfreundlich und mit zusammengekniffenen Augen starrte er die Jungen an. „Tut nicht so unschuldig!", befahl er heiser und deutete auf die Figur des ehemaligen englischen Premierministers Sir Winston Churchill, die sich hinter einer Kordelabsperrung wenige Schritte von ihnen entfernt befand. „Vor einer Minute hatte der alte Winston sie noch in der Hand, seine dicke Braune. Und außer euch vier Rackern war niemand im Raum. Also rückt sie schon raus, diebisches Pack, oder soll ich nachhelfen?"

Die Jungen zuckten zusammen, als der Aufseher, der selbst eher wie eine Wachsfigur aussah, immer näher kam.

Da ertönte plötzlich eine warme, freundliche Stimme: „Immer mit der Ruhe, Herr Aufseher. Vielleicht kann man sich mit den Jungen ja auch ganz normal unterhalten. Was meinen Sie?"

Fünf Augenpaare fuhren herum. Hinter Mister Cavalevsky stand der weißhaarige Besucher mit dem karierten Mantel, der eben noch interessiert durch die Reihen der nachgebildeten Politiker gestrichen war. Höflich hatte er seinen schwarzen, runden Hut zum Gruß gezogen. Was die vier Jungen und den Aufseher aber viel mehr faszinierte, war die große, seidig schwarze Katze, die um den Hals des Besuchers geschlungen lag.

„Ganz langsam und schön der Reihe nach", sagte Professor Berkley. „Der Nachbildung Sir Winston Churchills wurde also die Zigarre entwendet. Ist das richtig?"

Max Cavalevsky seufzte theatralisch. „Ja, und zwar bereits zum fünften Mal in dieser Saison. Es ist zum Verrücktwerden! Die Leute scheinen sich einen Spaß daraus zu machen, sein typisches Erkennungszeichen mit nach Hause zu nehmen. Vielleicht denken sie ja, die Zigarre sei echt und sie könnten sie später in aller Ruhe rauchen. Diese Narren!"

„Die Zigarre ist also nicht echt?", erkundigte sich der Professor.

„Natürlich nicht! Sie ist aus Wachs, wie der ganze Sir Winston. Und jetzt her mit der Zigarre, Burschen! Ich habe keine Lust, schon wieder runter in die Werkstatt zu stiefeln und eine neue in Auftrag zu geben."

„Was bringt Sie auf den Gedanken, ausgerechnet einer meiner Schüler könnte die Zigarre entwendet haben, mein Herr?", schaltete sich mit einem Mal eine neue Stimme in das Gespräch ein.

Hinter Cavalevsky und Berkley war ein fast zwei Meter großer Mann mit Seitenscheitel und braunem Freizeitanzug aufgetaucht.

„Mister Sprout!" Die Erleichterung in den Stimmen der vier Jungen war überdeutlich zu hören.

„Michael Sprout. Ich bin der Klassenlehrer dieser Jungen", stellte sich der Mann vor. „Sie behaupten also, während ich mich mit dem Rest der Gruppe in der Halle mit den Helden der Raumfahrt befand, hätte einer dieser vier Nachzügler hier – Bob, Richard, Chris oder Cedric – den Stumpen von Winston Churchill gestohlen? Aus welchem Grund, frage ich Sie, sollte einer von ihnen das getan haben? Was soll ein zwölfjähriger Junge mit einer Zigarre, die noch dazu aus Wachs besteht, anfangen?"

„Was weiß denn ich?", gab Cavalevsky ungehalten zurück. „Was wollen die anderen Besucher damit, die sie regelmäßig klauen? Tatsache ist, dass die Zigarre sich vor wenigen Minuten noch dort, in Churchills Hand befand. Und nun ist sie weg! Außer diesen vier Burschen und dem Herrn hier war in dieser Zeit und auch danach niemand hier. Also!"

„Vielleicht ... hat sie ja der Herr mit der Katze eingesteckt?", vermutete einer der Schüler unsicher.

Bevor Cavalevsky oder Mister Sprout etwas erwidern konnten, zog Professor Berkley lächelnd seine Pfeife aus der Manteltasche. „Kein schlechter Gedanke, mein Junge. Aber ich rauche lieber meinen Schokoladentabak, der schmeckt besser und ist außerdem nicht aus Wachs." Er grinste. „Wenngleich ich aus Rücksicht auf Witty, die den Rauch nicht sonderlich schätzt, mittlerweile immer häufiger eine andere Köstlichkeit vorziehe. Kennt ihr zufällig Katzenzungen? Eine Spezialität aus zarter Schokolade, die ..." Als er die verwirrten Mienen der Schüler und der beiden Männer sah, hielt Professor Berkley inne. Er errötete, steckte seine Pfeife fort und sagte: „Ich gebe zu, vielleicht sollten wir uns zunächst der vorliegenden Straftat widmen. Lassen Sie uns also logisch vorgehen und als Erstes die Verdächtigen selbst befragen. Was meinen Sie, Mister Sprout?"

„Ich denke, das wird das Beste sein. Wenn einer von ihnen die Zigarre stibitzt hat, müssten es die anderen eigentlich mitbekommen haben." Der Lehrer deutete der Reihe nach auf die vier Schüler. „Bob? Richard? Chris? Cedric? Wer von euch hat Churchill die Zigarre weggenommen?"

„Es war Bob", sagte Cedric sofort.

„Es war Chris", widersprach Bob.

„Nein, Chris war es nicht!", tönte Richard.

„Ich war es wirklich nicht", bestätigte Chris.

Einen Moment lang herrschte Schweigen, nur durchbrochen vom bedächtigen Schnurren Witty von Baskervilles sowie von einem leisen Schmatzen, mit dem Professor Berkley etwas zerkaute, was er einer kleinen Metallbox, ähnlich einem Zigarettenetui, entnommen hatte. Dann sagte Mister Sprout: „Hmmm ... ich kenne die Jungs gut genug, um zu wissen, dass nur einer von ihnen die Wahrheit sagt, aus welchen Gründen auch immer ..."

„Ich sage ja: diebisches Pack!", fauchte Cavalevsky. „Leert sofort eure Taschen aus, dann werden wir ja sehen, wer von euch ..."

Entsetzt wichen die Jungen vor dem alten Aufseher zurück. Da ertönte mit einem Mal ein durchdringendes Miauen. Witty von Baskerville sprang von Professor Berkleys Schultern zu Boden und lief zielsicher auf einen der vier zu.

„Das ist nicht mehr notwendig, Mister Cavalevsky", erklärte Professor Berkley schmunzelnd. „Wie Sie sehen, liegt für Witty und mich längst auf der Hand, wer von den vieren die Wachszigarre genommen hat – eben weil nur einer von ihnen die Wahrheit gesagt hat!"

Welcher der Jungen hatte die Zigarre Sir Winston Churchills entwendet?

(Die Lösung findest du auf Seite 105.)

Fall Nr. 8:
Tee im Polizeipräsidium

Sergeant Banks sah überrascht von seiner klapprigen Schreibmaschine auf, als es unerwartet an die Tür seines Büros klopfte. Seit Stunden schon saß er vor dem altersschwachen Gerät, das ihm das Abfassen einiger ohnehin nicht gerade spannender Berichte keineswegs einfacher machte. Eben hatte er noch bei sich gedacht, dass es höchste Zeit für etwas Abwechslung sei, und den Blick gelangweilt durch sein enges, muffiges Vorzimmerbüro schweifen lassen – als es plötzlich klopfte!

Auf sein auffordernes „Herein" schwang die Tür auf und ein bekanntes Gesicht schaute ins Zimmer. Banks' Miene hellte sich schlagartig auf.

„Professor Berkley! Was für eine nette Überraschung!" Der Sergeant sprang von seinem Stuhl auf, um dem Besucher die Hand zu schütteln.

„Derselbige, lieber Banks, derselbige", lächelte der Professor und nahm mit der freien Hand die unangezündete Pfeife aus dem Mund. „Witty und ich waren gerade in der Nähe, und wo Sie uns doch neulich, nach der Aufklärung des Falles im Tower, so freundlich einluden, mal auf einen Tee vorbeizuschauen, dachten wir uns ... Nun, ich hoffe, wir kommen nicht ungelegen?"

„Keineswegs! Sie hätten sich gar keinen passenderen Termin aussuchen können: Inspector Haggins ist bei einer Tatortbesichtigung, ein Einbruch in einen Juwelierladen, wenn ich mich nicht täusche. In der Zwischenzeit halte ich hier die Stellung und tippe ein paar längst überfällige Berichte. Warten Sie, ich setze sofort Teewasser auf. Nehmen Sie doch inzwischen Platz."

Banks eilte zu einer kleinen Kommode in der Ecke und begann, mit einer einzelnen Kochplatte und einem Wasserkessel zu hantieren. Währenddessen legte der Professor in aller Ruhe seinen Mantel ab und machte es sich auf dem Besucherstuhl des Büros bequem. Witty von Baskerville sprang von seinen Schultern und sah sich interessiert auf dem unordentlichen Schreibtisch des Sergeants um.

Während Banks Tee in einen Beutel füllte und ihn in eine runde, graue Kanne hängte, erkundigte er sich: „Was führt Sie denn in diese Gegend, lieber Professor? Außer der Aussicht auf einen guten Earl Grey, meine ich?"

Der Wasserkessel begann zu pfeifen.

„Nun, eine Tasse Tee wäre eigentlich schon Anlass genug, den Weg hierher einzuschlagen", schmunzelte der Professor und polierte seine Pfeife mit einem Zipfel seiner Weste, ohne jedoch Anstalten zu machen, sie zu stopfen. „Um der Wahrheit die Ehre zu geben, wurde es Witty und mir im Geschäft meiner Großnichte ein bisschen zu langweilig. Wir beschlossen daher, das Sherlock-Holmes-Museum in der Baker Street zu besuchen. Aber wie Ihnen gewiss bekannt ist, streiken seit gestern in

der ganzen Stadt die Taxifahrer, weswegen wir einen Teil des Weges mit dem Doppeldeckerbus zurücklegen mussten, den Rest zu Fuß. Und das letzte Stück dieses Weges führt nun einmal zufällig am Präsidium vorbei ..."

Witty von Baskerville war vor Banks' altersschwacher Schreibmaschine angelangt und musterte interessiert das eingespannte Formular. Banks goss Tee auf und kehrte zum Schreibtisch zurück. Als er sah, dass der Professor nach wie vor unentschlossen mit seiner leeren Pfeife herumspielte, sagte er lächelnd: „Rauchen Sie ruhig, wenn Sie möchten. Mich stört der Qualm nicht."

„*Sie* vielleicht nicht, lieber Banks", entgegnete Berkley, während es sich der Sergeant in seinem Drehstuhl gemütlich machte. „Aber Witty hat in letzter Zeit eine gewisse Abneigung gegen den Rauch entwickelt ... kein Wunder, wenn man bedenkt, wie nah sie mir die meiste Zeit über ist. Deshalb habe ich beschlossen, in Zukunft weniger zu rauchen. Zum Ausgleich habe ich einen anderen Genuss für mich entdeckt." Seine Hand griff nach dem Mantel, der hinter ihm über der Stuhllehne hing. „Vielleicht kennen Sie ..."

In diesem Moment schrillte das Telefon.

Banks schrak zusammen und nahm den Hörer

ab. „Banks am Apparat, hallo? Ah, Inspector! Ja, was …?" Konzentriert lauschte er in den Hörer. „Ja, ich werde Erkundigungen einholen. Selbstverständlich. Ja. Sehr wohl. In Ordnung. Bis später."

Er legte auf.

„Probleme?", erkundigte sich Professor Berkley interessiert.

„Nicht direkt." Banks erhob sich erneut, nahm den Teebeutel aus der Kanne und goss zwei Tassen ein. Aus einem Unterschrank kramte er eine angebrochene Packung Gebäck hervor, die er zwischen ihnen auf dem Schreibtisch platzierte. Witty von Baskerville beobachtete ihn aufmerksam. „Es war der Inspector. Er hat den Einbruch im Juwelierladen untersucht."

„Miau?"

„Die Methode, nach der der Täter vorging, um die Alarmanlage außer Kraft zu setzen, verrät eindeutig die Handschrift eines stadtbekannten Kriminellen, eines mehrfach vorbestraften Einbrechers namens Averell Carson, genannt ‚Ave, der Affe'. Kennen Sie ihn zufällig?"

„Schon von ihm gehört", sagte Berkley mit unbewegter Miene und nahm sich einen Keks. „Und weiter?"

„Der Inspector fuhr vor ein paar Minuten mit

einigen Männern zum letzten gemeldeten Wohnsitz von Carson. Sie trafen ihn dort sogar an, er bestritt jedoch vehement, etwas mit der Tat zu tun zu haben."

Schlürfend nahm Professor Berkley einen Schluck aus seiner Tasse. „Ausgezeichnet, Ihr Tee, lieber Banks! Und – hatte Carson denn ein Alibi für letzte Nacht?"

„Irgendwie schon. Er gab an, sich zum Zeitpunkt des Einbruchs – laut Spurensicherung zwischen 22 Uhr und Mitternacht – einen Spätfilm im Kino angesehen zu haben und danach auf direktem Weg mit dem Taxi nach Hause gefahren zu sein. Den Rest der Nacht will er im Tiefschlaf zugebracht haben." Banks setzte zögernd seine Tasse ab und sah den Professor fragend an. „Die Aussage allein entlastet ihn natürlich noch nicht. Aber er konnte konkrete Aussagen zum Inhalt des Films und allen mitwirkenden Schauspielern machen. Und wenn er tatsächlich im Kino war, kann er natürlich nicht der Täter sein. Dann käme allenfalls ein sogenannter ‚Trittbrettfahrer' infrage, also ein Gauner, der die Methoden eines bekannten Kriminellen nachahmt, um den Verdacht von sich abzulenken." Nachdenklich rieb sich Banks die runde Knollnase. „Was meinen Sie, Herr Professor?"

Statt einer Antwort kletterte Witty von Baskerville auf samtweichen Pfoten quer über Banks' vollgestopften Schreibtisch und ließ sich vom Sergeant den Nacken kraulen. Dabei schüttelte sie sacht den Kopf. Ihr beinahe mitleidiger Blick schien sagen zu wollen: *Mach die Augen auf, Banks, dann wirst du dir die Frage von ganz allein beantworten können!*

Verwirrt sah der Sergeant zu Professor Berkley hinüber, der sich noch nicht geäußert hatte. Er schien ganz in den Anblick des angebissenen Kekses vertieft, den er in der Hand hielt.

„Äh … Herr Professor?"

„Was? Oh, Verzeihung, ich war wohl einen Moment abwesend. Nein, mein lieber Banks, ich denke, ich stimme Witty von Baskerville zu: Einen Trittbrettfahrer brauchen Sie in Ihre Erwägungen höchstwahrscheinlich nicht einzubeziehen." Er hob seine Tasse und leerte sie mit einem tiefen Zug. „Natürlich lässt sich von hier aus nicht ohne Weiteres beweisen, dass Carson der Täter ist. Aber wer bei seiner Unschuldsbeteuerung in *einem* Punkt lügt, der lügt meist auch in anderen Punkten. Wenn ich an Inspector Haggins Stelle wäre, würde ich ‚Ave, den Affen' augenblicklich in Untersuchungshaft nehmen!"

Welcher Punkt in Carsons Aussage war laut Professor Berkley gelogen?

(Die Lösung findest du auf Seite 107.)

Fall Nr. 9:
Einbruch bei Kerzenlicht

„Was für einen hübschen Ausblick Sie von Ihrem Balkon haben, Miss Gretsky", rief Sergeant Banks begeistert und deutete zwischen den in der kühlen Nachtluft wallenden Vorhängen hindurch nach draußen. Im fahlen Licht des Mondes war nur wenige Hundert Meter entfernt die massive Silhouette der legendären Tower Bridge zu erkennen. Von der Wasseroberfläche der Themse ringelten sich dünne, weiße Nebelfinger an den dicken Steinpfeilern der Brücke empor. Nur wenige Autoscheinwerfer rollten über das historische Bauwerk hinweg – kein Wunder, um halb zwei Uhr nachts.

„Der hübsche Ausblick hilft mir jetzt auch nicht weiter", gab Miss Gretsky patzig zurück. „Sorgen Sie lieber dafür, dass mein Familienschmuck wieder auftaucht!"

Penelope Gretsky, Bewohnerin des ersten Stocks eines malerischen Altbaus ganz in der Nähe der Themse, war über siebzig Jahre alt. Ihr unfreundliches, hexengleiches Gesicht war von tiefen Falten durchzogen, und ihr schmutzig graues, hochgestecktes Haar trug auch nicht eben dazu bei, sie sympathischer wirken zu lassen. Sergeant Banks zuckte die Achseln, warf einen letzten Blick vom Balkon und zückte seinen Notizblock.

Inspector Haggins drehte unterdessen im Stechschritt schon die zweite Runde durch das Schlafzimmer. Ein riesiges, altmodisches Himmelbett dominierte den quadratischen Raum, auf der Decke lag ein dickes, ledergebundenes Buch. Auf dem danebenstehenden, nicht weniger altmodischen Nachttisch stand ein silberner Kerzenleuchter mit vier etwa zur Hälfte heruntergebrannten Kerzen.

Ihr Wachs war auf der zum Balkon gerichteten Seite am Ständer hinabgelaufen und erstarrt. An der Seitenwand des Raumes befand sich eine Kommode aus dunklem Holz, deren oberste Schublade offen stand; einige Papiere und persönliche Gegenstände lagen davor auf dem Boden verstreut.

Der Inspector kehrte zu Miss Gretsky zurück, die in einem geblümten Morgenmantel auf einem Stuhl in der Nähe der Zimmertür saß und abwechselnd verwirrt und ärgerlich dreinblickte. Er ignorierte ihren letzten Kommentar und sagte stattdessen: „Wie war das nun mit Ihrem Schmuck, Miss Gretsky? Sie sagten vorhin am Telefon ..."

„Familienerbstücke! Sehr wertvoll! Wissen Sie, der mütterliche Zweig meiner Familie stammt direkt von Königin Victoria ab. Einige der gestohlenen Schmuckstücke befinden sich bereits seit 1841 im Besitz unserer ..."

„Sehr aufschlussreich", befand Haggins und betrachtete seine Fingernägel. „Wir dürfen demnach davon ausgehen, dass dieser Schmuck einiges wert gewesen sein muss." Er nickte Banks zu, sich eine entsprechende Notiz zu machen.

„Tausende! Abertausende!", greinte Miss Gretsky. „Und was das Schlimmste ist: Übermorgen hätte ich die Stücke, der Familientradition der Gretskys folgend, im Rahmen eines großen Familienfestes an meine Großnichte weitergeben sollen. Nach fast dreißig Jahren, die sich der Schmuck in meinem Besitz befand ..." Ihr Gesicht nahm einen verklärten Ausdruck an.

„Finden Sie nicht, dass Sie etwas viel Aufhebens um den Verlust machen?", wollte Inspector Haggins wissen. „Es sind doch nur ein paar Klunker, kostbar vielleicht, aber dennoch nichts als ..."

„Aber der ideelle Wert! Verstehen Sie denn nicht, was diese Stücke mir nach so langer Zeit bedeuten, Sie gefühlloser Mensch?"

„Ja, doch. Selbstverständlich!" Genervt zog sich Haggins den Schild seiner Dienstmütze tiefer in die Stirn. Er trat an die nach wie vor offen stehende Balkontür und warf einen Blick hinaus. „Und hier ist der Einbrecher eingestiegen?", vergewisserte er sich.

„Allerdings!" Mit einer Behändigkeit, die man der alten Frau kaum zugetraut hätte, sprang Miss Gretsky auf und eilte zum Inspector hinüber. „Ich war zeitig zu Bett gegangen und las noch etwas bei offener Balkontür im Licht der Kerzen. Plötzlich stieß der Wind die Balkontür weiter auf, und im gleichen Augenblick hörte ich ein Geräusch. Zunächst nahm ich an, es sei eine der Katzen aus der

Nachbarschaft, die gerne über den Efeu an der Hauswand zu mir heraufgeklettert kommen ... Da, sehen Sie: Auch jetzt sitzt schon wieder eine vor der Tür, eine große, schwarze. Dann blendete mich plötzlich der Schein einer Taschenlampe. Ein schwarz gekleideter Mann sprang zu mir ins Zimmer, eine Pistole in der Hand, mit der er mich unverfroren bedrohte! Ich solle keinen Mucks von mir geben, zischte er. Dann erkundigte er sich, wo ich meinen Familienschmuck aufbewahrte, direkt und ohne Umschweife. Er muss *gewusst* haben, dass sich solche seltenen Kostbarkeiten in meinem Besitz befanden, Herr Inspector!"

Haggins nickte gezwungen und massierte sich mit einer Hand den verspannten Nacken. So entging ihm, dass sich die schwarze Katze auf dem Balkon soeben anschickte, durch die Tür ins Zimmer zu schleichen.

„Sie holten den Schmuck aus Ihrer Kommodenschublade und händigten ihn dem Dieb aus, woraufhin er sich über den Balkon wieder aus dem Staub machte. Richtig?"

Verärgert, dass sie die Geschichte nicht selbst zu Ende erzählen durfte, funkelte die alte Frau Haggins an. „Ja, das ist richtig. Und was gedenken Sie jetzt zu tun, wenn ich fragen darf?"

„Was wir in solchen Fällen immer tun: Wir geben eine Fahndung nach dem Täter heraus, wie Sie ihn uns beschrieben haben. Weiterhin leiten wir detaillierte Angaben zu den Schmuckstücken an unsere Kollegen in ganz London weiter, damit uns sofort zu Ohren kommt, wenn Ihre Erbstücke bei einem Hehler auftauchen. In wenigen Minuten wird darüber hinaus ein Team der Spurensicherung hier eintreffen und prüfen, ob der Täter nicht irgendwelche verwertbaren Spuren am Tatort hinterlassen hat. Auf diese Weise sollte es uns rasch gelingen, das Diebesgut wieder aufzuspüren und ..."

„*Miau!*"

Drei Köpfe wirbelten herum, als ein durchdringendes Maunzen verkündete, dass sich der vierbeinige Gast vom Balkon mittlerweile bis zu der alten Kommode vorgearbeitet hatte. Die schwarze Katze saß nun direkt vor dem Möbel auf dem Boden und schaute die beiden Kriminalbeamten aus leuchtend grünen Augen herausfordernd an.

„Aber das ist doch ..."

„Witty von Baskerville!", vollendete Sergeant Banks den angefangenen Satz des Inspectors.

Haggins schlug sich in einer pathetischen Geste die Hände vors Gesicht. „Und wo dieses Viech ist, kann auch jemand anderes nicht weit sein!"

Prompt ertönte ein polterndes Geräusch, dann ächzte draußen auf dem Balkon jemand. Die Tür schwang auf, und zwischen den wallenden Vorhängen kam eine wohlbekannte Gestalt mit braunem Karomantel zum Vorschein.

„Wer ist das denn? Was haben Sie in meinem Schlafzimmer zu suchen?", ertönte die unangenehm schrille Stimme von Miss Gretsky.

„Ich frage schon gar nicht mehr, welcher abwegige Zufall Sie dieses Mal wieder exakt zur richtigen Zeit an den richtigen Ort geführt hat, Professor Berkley ... oder zur falschen Zeit an den falschen Ort, je nachdem, wie man es sieht!" Haggins begrüßte den Professor mit säuerlicher Miene.

„Oh, Sie dürfen ruhig fragen, lieber Inspector", entgegnete der Professor, während er umständlich seinen Übermantel sauber klopfte. „Sie müssen entschuldigen, aber für einen Mann meines Alters ist die Kletterei über Efeuranken kein Kinderspiel. Ja, ja ... jung müsste man noch mal sein!"

„Wer *ist* dieser Mann?", wollte Miss Gretsky von Neuem wissen.

„Sagen Sie, Professor, wieso um Himmels willen steigen Sie nachts auf fremde Balkone?", schaltete sich Banks ein. „Und wie kommen Sie ausgerechnet jetzt hierher?"

„Das ist wie gesagt ganz einfach ... ähh, Albert Carolus Berkley, sehr angenehm!" Letzteres galt Miss Gretsky, die nach Luft schnappend neben der Balkontür stand und offensichtlich von den Ereignissen etwas überfordert war.

An Banks gewandt fuhr der Professor fort: „Die Londoner Verkehrsbetriebe bieten höchst unterhaltsame Nachtfahrten in den traditionellen roten Doppeldeckerbussen an: Man sitzt auf dem Oberdeck, wird durch die nächtliche Stadt chauffiert, an den bunten Leuchtreklamen des Piccadilly Circus vorbei, über die festlich beleuchtete Tower Bridge, hin zu den wichtigsten Sehenswürdigkeiten. Malerisch und lehrreich zugleich!"

Der Inspector machte eine abwehrende Handbewegung, als seien Berkleys Worte für ihn nicht mehr als eine müde Ausrede für etwas, was sich mit rationalen Mitteln längst nicht mehr erklären ließ. „Lassen Sie mich raten: Während Sie sich in einer Fahrtpause am Fluss die Beine vertreten haben, hat Ihr Katzenviech sich aus dem Staub gemacht. Sie sind ihm nachgestiefelt, um es zurückzuholen, und kamen unterhalb dieses Balkons an. Und als Sie dem Tier nachkletterten, haben Sie höchstwahrscheinlich jedes unserer Worte mit angehört, stimmt's?"

„Nun, in gewisser Weise: ja. Witty sprang tatsächlich von meinem Hals und huschte zielstrebig am Efeu dieser Hausfassade empor. Ich glaube, sie wittert mittlerweile einfach, wenn irgendwo ein Verbrechen passiert!"

„Faszinierend", murmelte Banks und starrte das adelige Tier voller Ehrfurcht an. „Eine Katze, die *riecht*, wenn irgendwo ein Einbruch geschieht ..."

„Das Biest soll seine Pfoten von meiner Kommode lassen!", keifte Miss Gretsky, als Witty interessiert an der untersten, fest verschlossenen Schublade des Möbels zu schnuppern begann.

Kopfschüttelnd wandte sich der Professor an Banks, der noch immer staunend die Katze betrachtete. „Ich fürchte, bei dem, was Witty hier gerochen hat, handelt es sich keineswegs um einen Einbruch, lieber Sergeant. Allenfalls um einen vorgetäuschten!" Und an Miss Gretsky gewandt fuhr er fort: „Ist es nicht so, Miss Gretsky?"

Woran erkannten Witty und der Professor, dass an der Geschichte, die Miss Gretsky den beiden Beamten aufgetischt hatte, etwas nicht stimmen konnte?

(Die Lösung findest du auf Seite 108.)

Fall Nr. 10:
Die verschwundene Formel

„Noch einmal ganz herzlichen Dank, dass du die Woche über so großartig auf das Geschäft, meine Wohnung und vor allem auf Dillbert achtgegeben hast!" Dankbar schüttelte Catherine Taylor ihrem Großonkel die Hand. Es war später Abend, und beide standen im gelblichen Schein der Straßenlaternen wenige Schritte vor *Catherines Famosem Antiquitätenparadies*. Nach Catherines Rückkehr aus Paris am Nachmittag waren sie gemeinsam essen gewesen, bevor Professor Berkley und Witty von Baskerville mit dem letzten Zug nach Winfield zurückkehren wollten. Am Straßenrand wartete mit laufendem Motor ein altmodisches schwarzes Taxi, in dessen Kofferraum sich bereits ihr Reisegepäck befand.

„Auch dir vielen Dank, Witty", fuhr Catherine fort und strich der Katze am Hals des Professors zärtlich über den Kopf. „Dillbert war ganz angetan von deiner Gegenwart, hat er mir erzählt. Er hofft, dass ihr euch bald einmal wiedersehen werdet!" Sie lächelte verschmitzt.

Wie zur Bestätigung drang aus dem offenen Fenster des oberen Stockwerks ein krächzendes „Derselbige" zu ihnen herunter, ein Wort, dass der Rabe erst kürzlich in seinen Wortschatz aufgenommen hatte.

Professor Berkley lächelte breit. „Keine Ursache, liebe Großnichte. Und solltest du mal die Nase voll haben von der Großstadt und Sehnsucht nach dem geruhsamen Landleben bekommen, versäume keinesfalls …"

Bevor er den Satz vollenden konnte, bog plötzlich ein schwarzer Streifenwagen mit Blaulicht um die Ecke und hielt mit quietschenden Reifen nur wenige Meter neben ihnen. Die Türen des Fahrzeugs öffneten sich, und zwei allzu bekannte Personen sprangen heraus, während der uniformierte Fahrer am Steuer sitzen blieb. Die beiden Männer stürmten zur Eingangstür des sechsstöckigen Hauses neben *Catherines Famosem Antiquitätenparadies* und begannen hektisch, die Namen auf den Klingelknöpfen zu entziffern. Als ihnen klar wurde, dass sie beobachtet wurden, drehten sie fast gleichzeitig die Köpfe.

„*Sie!*", zischte Inspector Haggins tonlos, als er den Professor erkannte.

„Ein Zeichen!", fand Sergeant Banks und machte Anstalten, zu Catherine und ihrem Großonkel hinüberzugehen. Doch sein Vorgesetzter zog ihn unwirsch am Uniformkragen zurück.

„Papperlapapp, Zeichen! Ich sage Ihnen, was ein Zeichen ist, Banks: *Das* ist ein Zeichen!" Er deutete mit einem spinnenartigen Finger hinauf in den fünften Stock, wo an einem geöffneten Fenster der Kopf eines älteren Mannes mit wirrem, halblangem Haar aufgetaucht war. Er winkte den Beamten aufgeregt zu. Sekunden darauf ertönte der Türsummer.

Während die Polizisten ins Treppenhaus stürmten, legte der Professor seiner Großnichte den Arm auf die Schulter. „Der Taxifahrer soll den Motor noch einmal abstellen. Das hier wird ein paar Augenblicke in Anspruch nehmen, fürchte ich." Er grinste, machte einige rasche Schritte zum Nachbarhaus und drückte sich gerade noch durch die Eingangstür, bevor sie hinter Haggins und Banks wieder ins Schloss fallen konnte.

Den Schildern und Wegweisern im Hausflur war zu entnehmen, dass sich in dem Gebäude kaum Privatwohnungen, sondern vornehmlich Büroräume und wissenschaftliche Forschungslabors befanden. Professor Berkley ignorierte wie gewöhnlich Inspector Haggins' giftigen Blick, als er zu den Polizisten aufschloss und mit ihnen in den Aufzug stieg.

„Ich frage mich, was hier wohl vorgefallen ist?", fragte er versonnen und kraulte Witty am Kinn.

Sergeant Banks trat einen Schritt beiseite, um dem Professor in der Enge der Kabine Platz zu machen. Dann antwortete er: „Wir sind von einem gewissen Doktor Stingwood verständigt worden. Er ist der Erfinder einer chemischen Formel, mit deren Hilfe man Getreide gegen den Befall von Schädlingen ‚impfen' kann, sodass es dem Ungeziefer anschließend nicht mehr schmeckt. Auf diese Weise könnten die Ernteerträge erheblich gesteigert werden."

„Faszinierend!" Professor Berkley nickte und zog ein schmales Metalletui aus der Innentasche seines Mantels. „Katzenzunge gefällig?", fragte er in die Runde. „Sie wissen ja, statt des Rauchens…"

„Bäh!", machte Inspector Haggins und starrte wütend auf die Digitalanzeige über seinem Kopf, als könnte er den Lift dadurch beschleunigen.

„Sehr gerne, danke", entgegnete Sergeant Banks und schob sich strahlend gleich zwei der schmalen Schokoladenstäbchen in den Mund. Schmatzend fuhr er fort: „Morgen sollte Stingwood seine Formel zum ersten Mal öffentlich vorstellen, auf einem Kongress in Oxford, und dafür eine begehrte akademische Ehrung erhalten. Wie er uns jedoch am

Telefon berichtete, drang vor knapp einer Viertelstunde ein Maskierter in seine Laborräume ein und stahl seinen Laptop mit der fertig ausgearbeiteten Formel darauf."

„Nein, was für ein Pech!" Professor Berkley schüttelte langsam den Kopf.

Der Aufzug hielt, die Türen öffneten sich, und Haggins stürmte ungehalten auf den Flur.

Dort wurden sie bereits von Doktor Stingwood, dem Mann mit dem wirren, halblangen Haar, erwartet. Er trug einen weißen Kittel, und in sein Gesicht hatten sich tiefe Sorgenfalten eingegraben. Nach einer kurzen Vorstellung führte er die drei Männer in sein Labor, in dem es durchdringend nach Desinfektionsmitteln und Schwefel roch.

„Sehen Sie, ich befand mich hier, im hinteren der beiden Versuchsräume. Schon seit Stunden arbeitete ich im Licht meiner Laborleuchte am Ablauf meiner Vorführung für den morgigen Kongress. Vor knapp einer Viertelstunde hörte ich vorne, wo sich das Sekretariat befindet, ein klickendes Geräusch, so als würde ein Riegel zurückschnappen. Es folgte ein Quietschen – das Geräusch der sich öffnenden Tür zum Treppenhaus! Reflexartig griff ich über mich und drehte die Glühbirne aus der Arbeitslampe, woraufhin Dunkelheit mich einhüllte. Unter der Türritze zum Flur konnte ich den Schein einer Taschenlampe erkennen. Ich schlich zur Tür, riss sie auf und schleuderte die Glühbirne in hohem Bogen in Richtung des Eindringlings. Mit einem Knall zersplitterte sie auf dem Boden. Der Einbrecher erschrak derart, dass er seine Taschenlampe fallen ließ und floh – unglücklicherweise mitsamt dem Laptop, in dem sich die fertige Fassung meiner bahnbrechenden Formel befand, zusammen mit der einzigen CD-ROM, auf der ich heute Früh die Endresultate meiner Arbeit gespeichert hatte." Er seufzte herzerweichend und legte die Hände an seine Schläfen. „Die letzte gespeicherte Version der Formel, die ich nun noch besitze, ist viele Monate alt! Ich werde die morgige Veranstaltung wohl oder übel absagen müssen", erklärte er niedergeschlagen. „Die Rekonstruktion der finalen Fassung wird mich Monate kosten, wenn nicht Jahre. Ein schrecklicher Verlust für die Wissenschaft!"

„So, so", murmelte Professor Berkley und lutschte gedankenverloren an einer schokoladenen Katzenzunge.

„Nicht so voreilig", empfahl Inspector Haggins. „Sie haben es hier schließlich mit Profis zu tun! Geben Sie Sergeant Banks zunächst eine detaillierte Täterbeschreibung, dann wollen wir sehen, ob wir den Einbrecher zu fassen bekommen. Weit kann er ja noch nicht gekommen sein …"

Professor Berkley hob die Hand und sagte langsam: „Die Mühe können Sie sich sparen, Inspector. Ich glaube, die Geschichte um den Einbrecher hat sich Mister Stingwood nur ausgedacht."

„Was … wie kommen Sie darauf?" Inspector Haggins starrte den Professor fassungslos an.

„Ganz einfach: Im Bericht des Doktors versteckt sich ein Fehler, der darauf hindeutet, dass sich der Vorfall mit Sicherheit nicht so abgespielt hat, wie er behauptet. Und ist *ein* Element eines angeblichen Tathergangs falsch, liegt es nahe, auch den Rest infrage zu stellen." Er drehte den Kopf und deutete mit seinem Katzenzungenetui auf Doktor Stingwood. „Ist es so, wie ich sage, lieber Doktor? Haben Sie uns einen Bären aufgebunden?"

Welcher Punkt in der Beschreibung des Tathergangs hatte den Professor stutzig gemacht?

(Die Lösung findest du auf Seite 110.)

Lösungen

Fall Nr. 1: Streit am Bahnhof 🐾

„Könnten Sie mir vielleicht ein wenig auf die Sprünge helfen?" Sergeant Banks sah den Professor Hilfe suchend an. Witty von Baskerville begann aufmunternd zu schnurren und mit dem Schwanz elegante Achten in die Luft zu malen.

„Aber selbstverständlich." Der Professor trat einen Schritt nach vorne auf die beiden Männer zu. Ohne einen der beiden direkt anzusehen, sagte er: „Ich denke, wir sollten einfach beide bitten, uns kurz zu erläutern, was sich ihrer Ansicht nach in diesem Koffer befindet. Dem wahren Besitzer sollte es keinerlei Probleme bereiten, einige Gegenstände aufzuzählen. Der Betrüger hingegen wird vermutlich …"

Noch bevor er seinen Satz beenden konnte, geschahen drei Dinge gleichzeitig: Während Sergeant Banks sich in plötzlicher Einsicht mit der Hand vor die Stirn schlug und sich auf dem Gesicht des hageren Mannes in Schwarz ein erleichtertes Grinsen abzeichnete, zuckte der dicke, schnauzbärtige wie unter einem unsichtbaren Hieb zusammen. Er sah sich gehetzt nach allen Seiten um, dann rannte er plötzlich überraschend flink den Bahnsteig hinunter. Sergeant Banks zog eine Trillerpfeife aus der Jackentasche, setzte sie an die Lippen und stieß einen gellenden Pfiff aus. Am entgegengesetzten Ende der Halle tauchten zwei Eisenbahnbeamte auf und verstellten dem Mann den Weg.

Nachdem der Betrüger dingfest gemacht und der rechtmäßige Besitzer des Koffers mit seinem Eigentum von dannen gezogen war, wandte sich Banks an Berkley. „Ich danke Ihnen herzlich, Herr Professor. Das ging ja wirklich einfacher, als ich dachte. Dass ich nicht selbst darauf gekommen bin! Wenn es vielleicht etwas gibt, was ich als Gegenleistung für Sie tun kann …"

„Oh …" Der Professor warf seinen beiden Reisetaschen einen kurzen Seitenblick zu. „Wenn Sie so nett fragen – mein Gepäck ist nicht eben das leichteste, und bis zum Taxistand auf dem Bahnhofsvorplatz ist es ein gewisses Stück. Wenn Sie vielleicht so freundlich wären?"

Sergeant Banks war so freundlich.

Fall Nr. 2: Ein zweifelhafter Handwerker 🐾 🐾

„Ich ... aber ... mein Name ist wirklich ..."

„Mir ist völlig egal, wie Ihr Name lautet, mein Herr", gab Professor Berkley streng zurück. „Ich weiß nur, dass Sie ganz gewiss kein Elektriker sind und damit keinerlei Befugnis haben, unsere Büroräume zu betreten."

„Aber woher ...?" Der Mann wich einen Schritt zurück, als er erkannte, dass Witty von Baskerville vor ihm zum Sprung ansetzte.

„Möglicherweise haben Sie sich heute Morgen, als Sie die Abreise meiner Großnichte beobachteten, überlegt, dass Sie ihre Vertretung – diesen alten Trottel mit Katze – sicher leicht austricksen könnten. Aber wenn man sich so plump anstellt wie Sie, hat das wenig Aussicht auf Erfolg!" Als Professor Berkley den entsetzten und verständnislosen Blick des Fremden sah, fuhr er fort: „Wären Sie tatsächlich wegen eines akuten Stromausfalls hier, hätte bei Ihrem Eintreten wohl kaum der elektrische Türsummer angeschlagen, Sie Witzbold!"

Ein letztes Fauchen von Witty sowie das polternde Lachen des Professors übertönten das erneute Surren des Türsummers, als der angebliche

Elektriker mitsamt Werkzeugkasten und Mütze eilig das Weite suchte.

Fall Nr. 3: Die Nebel von London 🐾

Als er Inspector Haggins' verdatterten Blick sah, steckte der Professor die Pfeife zurück in seinen Mundwinkel und sagte: „Ich muss es Ihnen, verehrter Inspector, natürlich nicht extra erklären. Aber damit Mister Brecker hier wenigstens weiß, wo er einen Fehler gemacht hat, darf ich festhalten: Der polnische Komponist Frederic Chopin war ganz gewiss ein brillanter Pianist, seine Klavierstücke sind famos, und seine Konzertreisen führten ihn tatsächlich auch nach London und Schottland. Ungeachtet dessen lebte er leider nur bis 1849! Es dürfte ihm folglich schwerfallen, heute Abend *persönlich* in der Royal Albert Hall am Flügel zu sitzen und zum krönenden Abschluss des Konzerts ‚stehenden Beifall' entgegenzunehmen."

Er kraulte Witty, die zufrieden schnurrte, hinter den Ohren und fügte, an Mister Brecker gewandt, hinzu: „Vielleicht hätten Sie sich besser ein Rockkonzert als Alibi aussuchen sollen, junger Mann."

Fall Nr. 4: Die verschwundenen Diamanten 🐾 🐾

„Wir blickten also in die Richtung, in die Witty von Baskervilles Schwanz wies – und starrten in die Tiefen des großen Seewasseraquariums!"

Gebannt hingen die Kongressteilnehmer an Professor Winters Lippen, als er kaum eine halbe Stunde später auf der Bühne des Versammlungssaales stand und ausführte, wie es zur überraschenden Verhaftung Alicia Picketts gekommen war. Etwas abseits des Rednerpultes, scheinbar gänzlich unbeteiligt, saß Professor Berkley auf einem Stuhl und kraulte Witty, die wieder bequem um seinen Hals lag, das pelzige Kinn.

„Ich gebe zu, dass ich zunächst nicht recht verstand, was das sollte", erklärte Winter weiter. „Doch auf Professor Berkleys Anraten krempelte ich mir die Ärmel hoch, entfernte die Abdeckung des Aquariums und griff ins Wasser – und da waren sie, die Diamanten! Sie lagen wahllos verstreut am Boden des Beckens. Durch die Lichtbrechung innerhalb des Wassers hatte man die farblosen Steine von außen überhaupt nicht sehen können. Nur durch die Aufmerksamkeit Witty von Baskervilles waren wir darauf gekommen, dass dies der einzige Ort war, wo Alicia Pickett ihre Beute vor aller Augen und dennoch völlig unsichtbar versteckt haben konnte."

Tosender Beifall brandete auf, und Professor Berkley erhob sich schüchtern von seinem Stuhl. Seine Wangen röteten sich zunehmend, als der Applaus nicht abnehmen wollte. Schließlich winkte er ab und deutete auf Witty.

„Danke, liebe Freunde. Aber Witty und ich müssen uns jetzt leider verabschieden. Wir wollen noch etwas einkaufen, bevor die Läden schließen. Ich habe Witty nämlich zur Belohnung einen schönen Fisch versprochen, und ich bezweifle, dass die Hotelleitung zum Dank für die Aufklärung dieses Falles einen der hübschen bunten Aquarienbewohner herausrücken wird."

Fall Nr. 5: Blüten im Tower

Inspector Haggins starrte Witty an, die ihrerseits das dunkle Gesicht Ludovico Ciardis keine Sekunde aus den Augen ließ.

„Aber was um Himmels willen stimmt denn nicht mit dem, was Mister Ciardi gesagt hat?", wollte Haggins wissen. Auch Sergeant Banks blickte ratlos auf die Notizen, die er sich zu Ciardis Aussage gemacht hatte.

„Nun", sagte Professor Berkley und nahm gemächlich die Pfeife aus dem Mund. „Wenn Mister Ciardi von dem erwähnten Taxifahrer tatsächlich eine Fünf- und vier Einpfundnoten als Wechselgeld erhalten hätte, hätte seine Fahrt exakt ein Pfund gekostet. Das ist ohne Weiteres möglich, sein Hotel kann ja ganz in der Nähe liegen. Warum jedoch sollte Mister Ciardi dann nicht mit der einzelnen Einpfundnote bezahlen, die er laut eigener Aussage ebenfalls noch bei sich trug? Warum sollte er gerade den Zehner ausgeben, auf dem sich angeblich eine wichtige Notiz befand? Nein, lieber Inspector, da stimmt etwas nicht! Ich gebe Ihnen den Rat, sich die Geldbörse von Mister Ciardi mal etwas genauer anzuschauen. Ich denke, Sie werden neben der Ein- und der Fünfpfundnote, die er angeblich als einzige noch bei sich trägt, eine ganze Menge anderer Scheine vorfinden – gefälschte!"

Der Professor wartete nicht ab, bis der Mann durchsucht worden war. Er setzte seinen schwarzen Hut wieder auf, kraulte Witty von Baskerville abwesend hinter den Ohren und öffnete die Tür. „Tja, die legendäre Wachablösung haben wir jetzt wohl verpasst. Aber wir wollen noch rasch ein paar Fotos von den berühmten Raben des Towers machen. Kennen Sie die zufällig, Inspector? Sie werden gehegt und gepflegt, da eine alte Sage behauptet, solange Raben im Tower leben, wird auch das britische Königreich fortbestehen." Er senkte den Blick und sah Witty schmunzelnd an. „Auf dem Heimweg lassen wir die Bilder gleich entwickeln. Da wird Dillbert Augen machen, meinst du nicht auch?"

„Dillbert?", fragte Haggins.

„Miau!", antwortete Witty.

Fall Nr. 6: Die entwendete Jacht 🐾 🐾

„Da bin ich aber mal gespannt!", tönte Mister Bulleteer und machte einen aggressiven Schritt auf den Professor zu. Sergeant Banks, wenngleich gut zwei Köpfe kleiner, trat ohne Zögern dazwischen und hob abwehrend seinen Notizblock.

„Wenn Sie den Professor vielleicht ausreden lassen würden?"

Professor Berkley nickte dankbar. „Eigentlich ist es ganz einfach", begann er. „Laut eigener Aussage kam Mister Bulleteer mit Verpflegung und anderen Dingen für einen Tagesausflug herunter zum Steg. Er rechnete nicht damit, innerhalb der nächsten

Stunden zurückzukehren. Folglich dürfte er sein Haus vor dem Verlassen ordentlich verschlossen haben. Ist das korrekt?"

„Natürlich ist das korrekt!", brauste der Jachtbesitzer auf. „Ich verstehe nur nicht, was das mit dieser Sache ..."

Professor Berkley stieß einen dicken Schwall Rauch aus, der sich sogleich mit dem Nebel um sie herum vermischte. Er zwinkerte Sergeant Banks verschwörerisch zu. „Daraufhin erschien, immer noch laut Ihrer Aussage, Mister Bulleteer, der Täter auf der Bildfläche, schlug Sie zu Boden und entwendete – unterbrechen Sie mich bitte, falls ich vorhin von da hinten etwas missverstanden haben sollte – Ihren Schlüsselbund, an dem *all Ihre* Schlüssel hingen."

„Ja, zum Teufel, genau so war es! Na und? Was hat das denn ..."

Der Professor wandte sich an Inspector Haggins, der ihn halb widerwillig, halb beeindruckt beobachtete. „Nun, Mister Bulleteer, der als Junggeselle allein lebt, wird gewiss die Freundlichkeit besitzen, Ihnen zu erklären, wie es ihm nach dem ‚Überfall' gelungen ist, ohne Schlüsselbund in sein verschlossenes Haus zu gelangen, um die Polizei zu verständigen!"

Mit diesen Worten drehte er sich um und entschwand in Richtung Treppe. Zurück blieben drei sprachlose Männer, eingehüllt in sich allmählich auflösende Dunstschwaden, von denen einige auffällig nach Schokolade dufteten.

Fall Nr. 7: Eine Zigarre aus Wachs 🐾 🐾 🐾

Professor Berkley trat neben Witty, streckte die Hand aus und sagte: „Komm schon, Chris! Gib die Zigarre wieder her, und alles ist in Ordnung."

„In Ordnung?", keifte Cavalevsky. „Nichts ist in Ordnung, gar nichts! Ich werde Anzeige erstatten, darauf können Sie sich ..."

Ein rascher Seitenblick des Professors ließ ihn verstummen. Als er sich wieder dem Jungen zuwandte und ihn freundlich anlächelte, steckte dieser die Hand in die Tasche seines knallbunten Anoraks und zog eine dicke, fast schwarze Zigarre daraus hervor. Er reichte sie dem Professor, der sie interessiert betrachtete.

„Ich wollte sie meinem Opa mitbringen", entschuldigte sich Chris verlegen. „Als er jung war, hat er Churchill noch als Premierminister kennengelernt. Und er bewundert ihn bis heute sehr! Als er erfuhr, dass wir einen Schulausflug hierher machen, wurde er ganz aufgeregt und bat mich, unbedingt ein Foto von Sir Winston zu machen. Ich wollte ihm eine Freude machen, da dachte ich mir …"

„Du hättest besser tatsächlich nur ein Foto gemacht, statt dem alten Mann gleich sein bestes Stück wegzunehmen", sagte Mister Sprout kopfschüttelnd. Mit fragender Miene wandte er sich dann an Professor Berkley: „Aber wie konnten Sie … ich meine: Wie konnte Ihre Katze anhand der Aussagen der Jungen herausfinden, wer die Zigarre genommen hatte?"

„Oh, das gelang nur durch Ihre Information, dass nur einer der Jungen die Wahrheit sagte", erklärte Berkley und reichte Aufseher Cavalevsky die Zigarre.

Sofort stieg der klapprige Alte über die Kordelabsperrung und machte sich an Churchills Wachsfigur zu schaffen.

„Über Chris wurden drei Aussagen gemacht. Wenn maximal eine davon korrekt sein konnte, mussten die beiden, die übereinstimmten, falsch sein – in diesem Fall jene, die ihn entlasteten."

„Donnerwetter!" Mister Sprout nickte anerkennend. Auch die vier Jungen sahen den Professor beeindruckt an, während er sich bückte und Witty von Baskerville zurück auf seine Schultern hob. Im Hintergrund trat Aufseher Cavalevsky pathetisch einen Schritt zurück, um den korrekten Sitz der Zigarre in Winston Churchills Hand zu begutachten.

„Der ist noch eine Weile beschäftigt, wie es aussieht", schmunzelte der Professor und wandte sich an die Jungen. „Sehen wir zu, dass wir von hier verschwinden, bevor er die Ministerzigarre korrekt justiert hat. Witty und ich hatten vor, als Nächstes hinab in die *Kammern des Schreckens* zu steigen. Mögt ihr nicht mitkommen?"

Fall Nr. 8: Tee im Polizeipräsidium

Sergeant Banks, der gerade die Teetasse zum Mund geführt hatte, erstarrte in der Bewegung und sah den Professor aus weit aufgerissenen Augen an.

„Gelogen? Ähh …?"

„Spielend einfach", schmunzelte Berkley und hielt Witty von Baskerville seinen angeknabberten Keks hin. Sie beschnupperte ihn vorsichtig und nahm dann einen bescheidenen Biss. „Inhalt und Mitwirkende eines Kinofilms kann man heute überall leicht in Erfahrung bringen. Gar kein so übler Einfall, nebenbei bemerkt. Ein wesentlich dümmerer Einfall dagegen war es von ‚Ave, dem Affen', zu behaupten, er sei mit dem Taxi vom Kino heimgefahren – wo sich doch, wie Witty und ich heute schmerzlich feststellen mussten, die Londoner Taxifahrer seit gestern im Streik befinden! Dieser Teil seiner Aussage ist also nachweislich falsch. Das sollte den Inspector dazu veranlassen, den Rest der Behauptungen ebenfalls noch einmal kritisch zu durchleuchten." Er grinste fröhlich und streckte dem verdutzten Sergeant über den Schreibtisch seine leere Tasse entgegen. „Sagen Sie, lieber Banks … hätten Sie vielleicht noch so ein köstliches Teechen für mich?"

Fall Nr. 9: Einbruch bei Kerzenlicht 🐾 🐾

„Wie können Sie so unverfroren sein, etwas Derartiges zu behaupten, Sie grässlicher Mensch?", fuhr Miss Gretsky den Professor an und fuchtelte wütend mit den Armen in der Luft herum. „Machen Sie, dass Sie hinauskommen, und Ihre aufdringliche Katze nehmen Sie gefälligst mit!" Sie deutete auf Witty, die begonnen hatte, sich schnurrend an den stummeligen Holzfüßen der Kommode zu reiben.

„Wie ich darauf komme, ist im Grunde sehr einfach", erläuterte Professor Berkley ungerührt. „Wenn Sie tatsächlich über einen längeren Zeitraum im Licht dieser Kerzen bei offenem Fenster gelesen hätten, wäre das Wachs durch den stetigen Luftzug auf jener Seite heruntergelaufen und erstarrt, die vom Fenster *abgewandt* liegt. Doch das Gegenteil ist der Fall. Ich denke daher, dass dieser Teil Ihrer Erzählung gelogen war – ebenso wie die Geschichte von dem Eindringling, der angeblich Ihren Familienschmuck mitgehen ließ. Vielmehr vermute ich, dass Sie durch den vorgetäuschten Verlust des Schmucks umgehen wollten, ihn übermorgen auf der erwähnten Feierlichkeit an eine jüngere Vertreterin Ihrer Familie weiterzugeben, nachdem er Ihnen über dreißig Jahre hinweg derart lieb und wert geworden war." Er deutete auf die Holzkommode. „Ich schließe mich Witty von Baskervilles Meinung an, dass sich sämtliche Stücke völlig unversehrt in der untersten Schublade Ihrer Kommode befinden dürften. Der Sergeant wird dies rasch überprüfen können."

Noch bevor Banks dazu kam, hatte sich der Professor bereits umgedreht und im Vorübergehen Witty vom Boden aufgelesen. Lächelnd schob er sich in den Flur hinaus, vorbei an Inspector Haggins, der seine Lippen wütend zusammenkniff.

„Wenn Sie gestatten, Inspector? Ich ziehe es vor, die Wohnung auf einem etwas gewöhnlicheren Weg wieder zu verlassen. Die Tortur mit den Efeuranken will ich weder mir noch meinem Übermantel ein zweites Mal zumuten. Außerdem wird in wenigen Minuten unsere Busrundfahrt fortgesetzt. Wir wünschen noch einen schönen Abend!"

Fall Nr. 10: Die verschwundene Formel 🐾 🐾

Doktor Stingwood sah den Professor für einen kurzen Moment an wie ein Ungeheuer aus einer fremden Dimension. Dann seufzte er ergeben und nickte.

„Sie haben mich durchschaut. Es ist wahr: Meine Formel ist, entgegen allen Artikeln, die ich während des letzten Jahres in den Fachzeitschriften veröffentlicht habe, noch längst nicht ausgereift. Ich hatte mich mit der Entwicklungszeit verschätzt, und die Fördergelder der Universität gingen zur Neige. Damit ich morgen nicht wie ein Trottel oder gar ein Betrüger dastehe, täuschte ich einen Einbruch vor. Das Mitleid der Fachwelt und weitere Fördermittel wären mir sicher gewesen! Aber offenbar habe ich mir meine Geschichte nicht sorgfältig genug ausgedacht. Verraten Sie mir, wo mein Fehler lag?"

Professor Berkley lächelte und tätschelte Witty von Baskerville, die mit amüsiertem Blinzeln zur Arbeitsleuchte über dem Labortisch hinaufschaute, lobend den Kopf. „Hätten Sie tatsächlich, wie Sie sagten, nach mehrstündiger Arbeit hier im Labor die Glühbirne Ihrer Arbeitsleuchte herausgedreht, wäre sie glühend heiß gewesen. Sie hätten sie kaum lange genug in der Hand halten können, um hinüberzugehen, die Tür zu öffnen und sie nach dem Täter zu werfen!"

Neben ihm schlug sich Sergeant Banks mit der flachen Hand vor die Stirn. Inspector Haggins stöhnte gequält auf.

„Und damit dürfen wir uns nun endgültig von Ihnen verabschieden, meine Herren. Der letzte Zug nach Winfield fährt in einer knappen halben Stunde von Paddington Station ab, wir wollen ihn nicht verpassen. Hm-hmm, ein durchaus würdiger Abschluss für einen spannenden Aufenthalt in London, der Witty und mir gewiss noch lange in Erinnerung bleiben wird."

Zufrieden ließ er ein letztes Mal seinen Blick durch den Raum schweifen. Dann hielt er Haggins das elegante Etui vor die Habichtnase. „Eine Katzenzunge zum Abschied, Inspector?"

Punktestaffelung

Du hast alle Ratekrimis dieses Bandes gelesen und einige (oder gar alle?) durch scharfes Nachdenken und Kombinieren gelöst? Dann möchtest du vielleicht wissen, wie du im Vergleich mit Profis wie Witty von Baskerville abschneidest? Das geht ganz einfach:

Addiere einfach die Katzenpfoten (eine bis drei) all jener Fälle, bei denen du mit deiner Lösung richtiggelegen hast. Anhand der folgenden Liste kannst du prüfen, wie es um deine detektivischen Fähigkeiten steht.

21 Pfoten:

Mit Verlaub ein erstaunliches Ergebnis – besonders in Anbetracht der Tatsache, dass es insgesamt nur zwanzig Katzenpfoten zu erringen gab! Bist du sicher, dass deine Ehrlichkeit und dein Gerechtigkeitssinn ausgeprägt genug sind, um dich mit Professor Berkley und Witty von Baskerville auf Verbrecherjagd zu begeben?

16-20 Pfoten:

Wohnst du zufällig in einem Wohnturm inmitten eines Heckenlabyrinths? In Sachen Aufmerksamkeit und Kombinationsgabe bist du Witty und dem Professor durchaus ebenbürtig – und das, obwohl du allein ermitteln musstest, während die beiden sich gegenseitig unterstützen können. Weiter so!

11-15 Pfoten:

Sehr bemerkenswert: Würdest du Inspector Haggins' Abteilung unterstützen, wäre es um die Aufklärungsstatistik der Londoner Polizei gewiss deutlich besser bestellt. Professor Berkley könnte dir guten Gewissens den einen oder anderen Fall abtreten!

6-10 Pfoten:

Alle Achtung, du hast ein gewisses Talent. Den Einstellungstest der Londoner Polizei hättest du mit diesem Resultat wahrscheinlich bestanden, und als Kollege von Sergeant Banks fändest du dort Gelegenheit, deine Fähigkeiten weiter zu trainieren.

0-5 Pfoten:

Kein schlechtes Ergebnis, wenngleich ausbaufähig. Aber selbst Professor Berkley hat ja einst klein angefangen. Ab und an hält er auch heute noch kriminologische Vorträge an der Londoner Universität – vielleicht kannst du dich ja mal zwischen die Studenten schmuggeln?

Professor Berkley im Internet

Du bewunderst die einzigartige Kombinationsgabe sowie den bemerkenswerten Spürsinn Professor Berkleys und Witty von Baskervilles?

Dann besuche die beiden Meisterdetektive doch einmal auf ihrer Internetseite:

www.professor-berkley.de

Hier erwarten dich spannende Informationen zu den einzelnen Charakteren, ein Gästebuch, ein Forum, in dem du dich mit anderen Nachwuchsdetektiven austauschen kannst, und vieles mehr.

Witty und der Professor sind schon sehr gespannt auf weitere Abenteuer in und rund um Winfield. Hilfst du ihnen beim Lösen der nächsten verzwickten Fälle?

Die Autoren

Corinna Harder entdeckte schon als Kind ihre kriminalistische Ader: Mit neun Jahren legte sie den Grundstein für den UNDERGROUND-Junior-Detektiv-Klub, für den sie als Erwachsene 2002 mit dem Kinderkulturpreis des Deutschen Kinderhilfswerks ausgezeichnet wurde.
Weitere Informationen: www.corinnaharder.eu

Jens Schumacher studierte Literatur- und Buchwissenschaft in Mainz. Seit Ende der Neunzigerjahre ist er als freier Autor tätig und hat zahlreiche Krimis, interaktive Spielbücher und Jugendserien veröffentlicht, die in viele Sprachen übersetzt wurden.
Weitere Informationen: www.jensschumacher.eu

Ravensburger Bücher für Spürnasen!

Hast du das Zeug zum Meisterdetektiv?

Corinna Harder/Jens Schumacher

Die Katze der Baskervilles

Professor Berkley, Band 1

Wer hat Professor Berkleys silberne Manschettenknöpfe gestohlen?
Welches Geheimnis birgt der viertausend Jahre alte Steinkrug?
Und wo haben die cleveren Juwelendiebe ihre Beute versteckt?

ISBN 978-3-473-**52419**-8

www.ravensburger.de

Ravensburger Bücher für Spürnasen!

Ein außergewöhliches Detektivduo

Corinna Harder/Jens Schumacher

Die Juwelen von Doningcourt Castle
Professor Berkley, Band 3

Treibt ein Gespenst auf Schloss Doningcourt sein Unwesen?
Wer knackte den Tresor und stahl die wertvollen Juwelen?
Und wer fälschte das millionenschwere Testament?

ISBN 978-3-473-**52421**-1

www.ravensburger.de

Ravensburger

Ravensburger Bücher für Spürnasen!

Auf heißer Spur ...

Corinna Harder/Jens Schumacher

Die Schmuggler vom Hochmoor

Professor Berkley, Band 4

Wer treibt sich des Nachts in der alten Hütte am Moor herum?
Wer steckt hinter dem gemeinen Überfall auf den Eisenwarenhändler?
Und ist der Schnappschuss von Nessie, dem Seeungeheuer, wirklich echt?

ISBN 978-3-473-**52422**-8

www.ravensburger.de

Ravensburger Bücher   Absolut lesenswert!

Eine ganz schlimme Geschichte ...

Ian Ogilvy

Miesel und der Kakerlakenzauber

Im düsteren Haus von Basil Trampelbone ist alles verboten – ganz besonders die Spielzeugeisenbahn. Als der Waisenjunge Miesel mit ihr spielt, schrumpft Basil ihn auf die Größe eines Eisenbahn-Figürchens. Miesel muss den Zauber brechen, doch eine hungrige Fledermaus und eine wütende Riesenkakerlake sind ihm dicht auf den Fersen.

ISBN 978-3-473-**52334**-4

www.ravensburger.de

Lies mich ...

Leseprobe aus dem
Ravensburger Taschenbuch 52334
„Miesel und der Kakerlakenzauber"
von Ian Ogilvy

Miesel Stubbs war zwölfeinhalb Jahre alt. Er war klein, dünn und mager. Meistens war er hungrig, und zwar so hungrig wie ein sehr hungriger Bär. Er hatte eine kleine Stupsnase, hohe Backenknochen und Augen in einem tiefen Smaragdgrün. Wenn er in Stimmung war, lächelte er breit und freundlich. Seine Haare waren braun und standen ihm in wild aufragenden Büscheln kreuz und quer vom Kopf ab. Die Frisur war äußerst merkwürdig – die Haare waren dort lang, wo sie kurz sein sollten, und kurz, wo sie lang sein sollten – und das lag daran, dass Miesel sich die Haare selber schnitt. Wenn sie so lang wurden, dass sie ihm in die Augen fielen, nahm er ein stumpfes, verrostetes Küchenmesser und hackte und säbelte damit an seinen Haaren herum. Abgesehen davon, dass man sich keinen unregelmäßigeren Haarschnitt vorstellen kann, waren die Haare auch schon seit langer Zeit nicht mehr gewaschen worden. Seine Kleidung auch nicht und deshalb roch er manchmal ziemlich übel, vor allem wenn es warm war.

Wo Miesel Stubbs wohnte, war es allerdings nur selten warm. Er lebte in einem kalten, grässlichen Haus. Er wohnte nicht aus freiem Entschluss hier – *die Umstände* waren schuld daran.

Das grässliche Haus stand ganz hinten in einer düsteren, dreckigen Straße mit lauter dreckigen, düsteren Häusern – aber in drei Dingen hob sich dieses Haus von den übrigen ab. Erstens durch sein Aussehen – es war von oben bis unten schwarz, mit einem hohen, spitzen Dach, hohen, dunklen, schmalen Fenstern, die wie blinde Augen wirkten, und hohen, rußverkrusteten Schornsteinen, die wie schmutzige Finger zum Himmel wiesen. Die anderen Häuser in der Straße sahen einfach nur schäbig und düster aus, aber Miesels Haus sah aus, als hätte sich etwas Schlimmes zugetragen – und als wäre es durchaus möglich, dass sich darin schon morgen wieder etwas Schlimmes zutragen könnte.

Zweitens unterschied sich das Haus dadurch von den anderen Häusern in der Straße, dass es als einziges bewohnt war. Alle anderen Besitzer hatten ihre Häuser schon vor langer Zeit verlassen und Türen und Fenster mit Brettern vernagelt. Wenn man am anderen Ende der Straße stand und sie entlangblickte, hätte man glauben können, dass alle Häuser längst aufgegeben und verlassen wären. Aber wenn man etwas genauer hinsah, konnte man möglicherweise ganz hinten in der Straße einen schwachen Lichtschein in einem Dachbodenfenster ausmachen, der einzige Hinweis darauf, dass überhaupt noch jemand hier in der Straße wohnte.

Der dritte Punkt, in dem das Haus sich von allen übrigen Häusern unterschied, war auch der seltsamste: Den ganzen Tag und die ganze Nacht, im Winter, Sommer, Herbst und Frühling, hing eine kleine, schwarze

Wolke über dem trostlosen Dach, bewegte sich nie vom Fleck und ließ einen beständigen, gleichmäßigen Regen herabtröpfeln, der nur auf das Haus fiel, in dem Miesel Stubbs wohnte, und auf kein anderes Haus in der Straße.

Das Haus gehörte Basil Trampelbone und Basil Trampelbone war Miesel Stubbs' gerichtlich bestellter Vormund. Miesel wohnte in dem Haus und hatte nur seinen gerichtlich bestellten Vormund zur Gesellschaft. Aber sein gerichtlich bestellter Vormund war absolut kein guter Gesellschafter. Tatsächlich sprach er kaum ein Wort, weil er nämlich alle hasste – aber das ging in Ordnung, denn alle, die Basil Trampelbone jemals begegnet waren, hassten ihn ihrerseits.

Er war sehr groß und dürr und trug immer schwarze Sachen. Ein schwarzes Jackett und ein schwarzes Hemd und eine schwarze Krawatte, schwarze Hosen und schwarze Socken und schwarze Schuhe. Seine fettigen Haare waren ebenfalls schwarz. Er trug einen Mittelscheitel und klatschte sich die Haare mit schwarzer Schuhkrem an den Kopf. Sein Gesicht und die Hände waren das Einzige an ihm, was nicht schwarz war. Basils Gesicht war so kreideweiß, als wäre ihm alles Blut entzogen und durch Milch ersetzt worden.

Seine Augen waren wie Fischaugen – starr und leer und sehr, sehr kalt. Seine schmalen, knochigen Hände hatten die Farbe von Kerzen. Die Haut war so trocken, dass sie raschelte, wenn er sich die Hände rieb. Das machte er jedes Mal, wenn er über etwas erfreut war. Da sich Basil Trampelbone jedoch nicht sehr oft freute, kam auch das Rascheln nicht so oft vor.

Wenn das Haus von Basil Trampelbone schon von außen düster und trübselig und bedrückend hässlich wirkte, war es innen noch viel schlimmer. Es war so grauenhaft, dass Miesel sich nur in drei Räume hineinwagte – in die Küche, das Bad und den Dachboden. In allen Räumen im Haus lag ein übler Geruch – in jedem Zimmer ein anderer –, aber in der Küche, im Bad und auf dem Dachboden stand Miesel wenigstens keine Todesängste aus. Das Zimmer, das eigentlich als sein Zimmer gedacht war, wagte er jedenfalls nicht zu betreten. Darin stand ein riesiger, schwarzer Kleiderschrank aus Eichenholz, der voll mit Sachen war, die nicht ihm gehörten. Sie fühlten sich klamm an und rochen nach Schimmel. Einmal hatte Miesel allen Mut zusammengerafft und die Sachen durchgesehen.

Als er auf die Jacke gestoßen war, hatte er damit aufgehört. Die Jacke bestand aus grobem, rauem Stoff und hatte *drei* Ärmel – zwei an den üblichen Stellen und einen dritten, der hinten aus dem Rücken hervorragte.

Als er schließlich den Mut aufgebracht hatte, Basil danach zu fragen, hatte Basil ihm gesagt, er solle seine Nase nicht in fremde Angelegenheiten stecken – aber wenn er's dann unbedingt wissen wollte, konnte er ruhig erfahren, dass die Kleidung im Schrank über die Jahre hinweg von Freunden liegen geblieben war, die ihn besucht hatten und von denen einige vielleicht ein *bisschen* anders waren.

Der Schrank stand in einer dunklen Ecke des Zimmers und in der anderen war ein großes, schwarzes Bett, das wie ein Sarg aussah. An den Fenstern hingen schwarze Samtvorhänge und die Fensterscheiben waren schwarz angemalt, sodass man überhaupt nicht hindurchsehen konnte. Mit dem schwarzen Anstrich an den Wänden, der Zimmerdecke und den Dielenbrettern war das Zimmer so düster, dass man sich etwas noch Düstereres kaum vorstellen konnte. Man würde mit Sicherheit Albträume kriegen, wenn man darin schlief – deshalb versuchte Miesel das erst gar nicht. Er schlief stattdessen auf einem Haufen alter Lumpen in der Küche, gleich neben dem uralten Eisenherd, der in dem ganzen grässlichen Haus als Einziges warm war.

Basil Trampelbone unterrichtete Miesel zu Hause. Das bedeutete, dass er sich zweimal in der Woche mit Miesel in die Küche setzte und ihm zum Beispiel sagte, dass A der erste Buchstabe im Alphabet war und Z der letzte und alle anderen irgendwo dazwischen kamen.

Der Matheunterricht war keinen Deut besser – das Einzige, was Basil ihm je beigebracht hatte, war, dass zwei plus zwei siebenhundertdreiundvierzig macht.

Miesel kam bald dahinter, dass das nicht stimmte.

Da Basil offensichtlich keinerlei Interesse daran hatte, ihm etwas Brauchbares beizubringen, hatte Miesel sich mit den Reklame-Sendungen aus dem Briefkasten selbst das Lesen beigebracht und er beherrschte auch die Grundrechenarten. Um das zu lernen, hatte er die Rechnungen studiert, die durch den schmalen Briefschlitz auf den dreckigen Fußabstreifer an der Eingangstür fielen.

Miesel hasste Basil Trampelbone und selbstverständlich hasste Basil Trampelbone ihn, weil Basil Trampelbone alles und jeden hasste.

Er hatte Miesel nur deshalb bei sich aufgenommen, weil Miesels Eltern bei einer Begegnung mit einer giftigen Schlange umgekommen waren. Damit war Miesel, der damals vier Jahre alt war, zu einem armen, kleinen Waisenkind geworden.

Die Geschichte mit der giftigen Schlange stammte von Basil, der Miesels Erfahrung nach immer die Wahrheit sagte. In diesem Fall war sich Miesel aber nicht vollkommen sicher – vielleicht deshalb, weil er sich so sehr wünschte, dass seine Eltern noch am Leben wären. Deshalb war Miesel im innersten Herzen davon überzeugt, dass es seine Mutter und seinen Vater irgendwo noch gab und dass sie eines Tages zu ihm zurückkehren würden.